O Calígrafo de Voltaire

PABLO DE SANTIS

O Calígrafo de Voltaire

Tradução
Luís Carlos Cabral

JOSÉ OLYMPIO
EDITORA

Título original em espanhol
EL CALíGRAFO DE VOLTAIRE

© 2001, Pablo De Santis

Reservam-se os direitos desta edição à
EDITORA JOSÉ OLYMPIO LTDA.
Rua Argentina, 171 – 1º andar – São Cristóvão
20921-380 – Rio de Janeiro, RJ – República Federativa do Brasil
Tel.: (21) 2585-2060 Fax: (21) 2585-2086
Printed in Brazil / Impresso no Brasil

Atendemos pelo Reembolso Postal

ISBN 85-03-00748-7

Capa: FOLIO DESIGN/CRISTIANA BARRETTO E FLÁVIA CAESAR

CIP-Brasil. Catalogação-na-fonte
Sindicato Nacional dos Editores de Livros, RJ.

D32c
De Santis, Pablo, 1963-
    O calígrafo de Voltaire / Pablo De Santis; tradução de Luís Carlos Cabral. – Rio de Janeiro: José Olympio, 2003.

    Tradução de: El calígrafo de Voltaire
    ISBN 85-03-00748-7

    1. Novela argentina. I. Cabral, Luís Carlos. II. Título.

03-0658
CDD – 868.99323
CDU – 821.134.2(82)-3

Sumário

Primeira Parte: O Enforcado

A relíquia 9
Primeiras letras 13
Ferney 19
A correspondência 27
A passageira 33
Toulouse 37
O lugar do crime 41
A mão mecânica 45
A representação 51
O exame 55
A sineta de bronze 61
A execução 65

Segunda Parte: O Bispo

A mão do abade 71
Um amigo de V. 77
A Casa Siccard 83
As pegadas de Von Knepper 89
O silêncio do bispo 95
O bastão de Kolm 99

Clarissa 103
A prisioneira 107
O sepulcro 113
Golpes na janela 119
O discípulo de Fabres 123
O pé de Mathilde 129
A fuga 135
O fim da viagem 139

Terceira Parte: O Mestre Calígrafo

A espera 145
Libelo anônimo 151
A máquina humana 159
A Halifax 165
A vida das estátuas 171
Uma folha em branco 177
Cinzel e martelo 181
A porta fechada 187
Silas Darel 191
Hieroglífico 195
Inventário 199
A cabeça de mármore 203

PRIMEIRA PARTE

O ENFORCADO

A RELÍQUIA

Cheguei a este porto com pouca bagagem: quatro camisas, meus instrumentos de caligrafia e um coração em um frasco de vidro. As camisas estavam remendadas e manchadas de tinta. Minhas plumas haviam sido arruinadas pela maresia. Já o coração luzia intacto, indiferente à viagem, às tormentas, à umidade do camarote. Os corações só se gastam durante a vida; depois, nada mais lhes causa dano.

Muitas relíquias filosóficas são oferecidas hoje na Europa e a maioria é tão falsa quanto os ossos guardados nas igrejas. No passado, os santos eram os protagonistas absolutos dessa mania. Mas quem lutaria nos dias que correm por uma costela, um dedo ou o coração de um santo? No entanto os ossos e as caveiras dos filósofos estão valendo uma fortuna.

Se algum colecionador desavisado mencionar a qualquer antiquário de Paris o nome de Voltaire, será levado a um quartinho no fundo da loja onde lhe será mostrado, em absoluto segredo, um coração parecido a uma pedra, enclausurado em um estojo de ouro ou em uma urna de mármore. E lhe pedirão uma fortuna, sempre em nome da filosofia. Um luxo fúnebre e inútil cerca os corações falsos; o verdadeiro está aqui, sobre a mesa em que escrevo. A única riqueza que posso lhe oferecer é a luz da tarde.

Vivo em um quarto pequeno. Suas paredes desmoronam um pouco a cada dia. As tábuas do piso estão meio soltas e algumas podem ser levantadas com facilidade. Quando saio de manhã para trabalhar, guardo naquele oco o frasco de vidro, enrolado em um pano puído de veludo vermelho.

Cheguei a este porto para fugir de todos aqueles que viam no nosso ofício uma herança do Antigo Regime. Na Convenção, era necessário gritar, e nós, os calígrafos, só tínhamos aprendido a nos defender por escrito. Havia quem propusesse que nos cortassem a mão direita, mas venceu a solução igualitária: que só fosse cortada a cabeça.

Meus colegas não tiravam os olhos dos seus papéis e também não se preocupavam em entender o que diziam aqueles gritos que vinham de muito longe. Continuavam a transcrever, pacientemente, os textos que lhes haviam sido confiados por funcionários já decapitados. Às vezes, a título de advertência ou ameaça, lhes passavam por debaixo da porta uma relação amarfanhada de condenados, e eles a transcreviam sem notar que seus próprios nomes estavam perdidos ali, entre os de muitos outros.

Pude escapar porque aprendera, nos anos anteriores, a tirar os olhos do papel. Inventara para mim um outro nome e uma outra profissão, e falsificara os documentos para poder atravessar os postos de controle situados entre distrito e distrito, entre cidade e cidade. Escapei para a Espanha, mas o meu impulso de fugitivo era tal que não me contive e resolvi ir mais longe. Embarquei no único navio que aceitou o meu pouco dinheiro e os meus trapos. Nunca havia subido a um barco em toda a minha vida, talvez em homenagem à memória de meus pais, mortos em um naufrágio. Inteirei o preço da passagem na cabine de comando, escrevendo sob as ordens do comandante, que precisava dar conta de uma vasta correspondência de mulheres e credores. Ao redigir aquelas cartas e corrigir os meus erros, terminei meu aprendizado da língua espanhola.

A viagem foi longa. O navio tocou porto após porto e eu não quis desembarcar em nenhum deles. Olhava as construções das cidades costeiras à espera de um sinal que me dissesse que aquele era o meu lugar. Mas só estava preparado para entender um aviso: aquele que diz que mais adiante não há nada. A cidade em que estou era o último porto antes do regresso.

Aqui estão aqueles que chegam por engano, aqueles que começam fugindo de um perigo ou de um governo e acabam saindo do mundo. Quando o bote me levou à margem, achei que a minha relação com o ofício havia terminado; nunca mais voltaria a encontrar uma gota de tinta. Quem precisaria de um calígrafo naquelas ruas escuras cobertas de barro? Foi outro equívoco. Logo descobri que aqui a palavra escrita é cultuada mais intensamente do que nas cidades européias. As pessoas amam os papéis assinados e lacrados, os memorandos que passam de mão em mão gerando outros documentos, as encomendas cheias de minúcias que fazem à Europa, a lista dos objetos destruídos nas viagens. As assinaturas são grandes e cheias de arabescos; tudo é selado e arquivado em móveis tão desorganizados que engolem os documentos para sempre.

Passo minhas manhãs em uma sala gelada de uma repartição pública transcrevendo documentos oficiais e decisões judiciais. Os funcionários mencionam freqüentemente o nome de Voltaire, mas se eu dissesse que trabalhara para ele não me levariam a sério. Têm como certo que tudo o que chega a este litoral é falso ou desimportante.

O vento entra em meu quarto e move todos os objetos. Coloco o coração sobre os papéis, para que o vento não os faça voar.

Primeiras letras

Quando meus pais morreram no naufrágio do *Retz*, fiquei sob a guarda de meu tio, o marechal de Dalessius. Ele me perguntou o que eu sabia fazer, e lhe mostrei umas folhas nas quais brincara de inventar alfabetos. Em uma página, as letras eram galhos de árvores que insinuavam folhas e espinhos; em outra, edifícios e palácios orientais, e, em uma terceira — a mais complicada de todas —, as letras resignavam-se a ser letras. Meu tio estava à espera de um sinal que lhe indicasse como se livrar de mim; foi ajudado por aqueles alfabetos. Enviou-me para a Escola de Caligrafia do senhor de Vidors, que tivera entre seus alunos o misterioso Silas Darel.

Logo comecei a ter problemas com meus superiores. Não me bastava escrever. Queria inventar plumas e tintas, fundar de novo a nossa arte. A caligrafia agonizava, condenada pela falta de mestres, esmagada pela imprensa, limitada aos batalhões e a homens solitários. Eu procurava nos livros de História heróis que pudessem ser considerados calígrafos, mas só eram heróis aqueles que jamais escreviam.

Os mais inquietos, aqueles que procuravam seguir o caminho de Silas Darel, exploravam onde era possível, desde velhos manuais escolares até anônimos tratados de criptografia. O ofício estava tão morto que nos considerávamos arqueólogos de nós mesmos.

O salão onde os documentos eram lavrados estava sempre em silêncio, um silêncio só quebrado pelo roçar das plumas no papel, ruído que era uma metáfora do silêncio. Ele era amplo e tinha, nas laterais, grandes janelas que os nossos superiores queriam sempre abertas, até mesmo no inverno; diziam que uma sala bem ventilada era a primeira condição para uma boa letra. As janelas permitiam a entrada de terra, pequenos gravetos e folhas de pinheiro que os meus companheiros afastavam com mau humor; já eu, por acreditar que em um processo de transcrição é necessário respeitar as marcas das circunstâncias, deixava que ficassem sobre o papel. Todos, com raras exceções, aceitavam passivamente os produtos que a escola comprava a cada seis meses de seu fornecedor, um marinheiro português: tinta preta que em pouco tempo perdia a cor, copiosa tinta vermelha em grão, páginas cheias de imperfeições que faziam as letras saltarem como se estivessem pulando corda e plumas de ganso escolhidas às cegas.

Depois do jantar e das orações, eu testava as minhas próprias invenções, escondido no meu quarto ou no jardim, junto a uma fonte de pedra cuja água verde, putrefata, também servia para escrever. Minha tinta favorita era feita de uma mistura de sangue de porco, álcool e açafrão vermelho. Encomendava no mercado a asa esquerda de gansos pretos. Arrancava pena por pena para reservar uma em cada quinze. Uma vez escolhidas, aquecia areia em um pote de cobre que logo esvaziava em uma caixa de madeira: ali deixava as plumas até que o calor as endurecesse. Guardava meu equipamento em uma caixa de costura que pertencera à minha mãe e que ainda conservava um dedal de bronze e cheirava a lavanda.

Quando deixei a escola de Vidors, meu tio me arranjou um emprego na justiça. Era o destino natural daqueles que conseguiam se formar: os outros iam ser bibliotecários ou escribas particulares das últimas famílias ilustres. Comecei a transitar com minha caixa por tribunais e repartições públicas. Era uma época que gostava do frágil e do inútil: nunca mais viverei algo parecido. Mostraram a um condenado à morte, antes que subisse ao patíbulo, a sentença que haviam me encarregado de escrever, e ao ver aquele manuscrito cheio de arabescos e lacres, ele disse: digam ao calígrafo que lhe agradeço o fato de ter convertido os meus crimes em algo tão belo; mataria mais dez homens para que ele pudesse traçar de novo algo semelhante. Não recebi, em toda a minha vida, elogio maior.

No meu quarto, os frascos se misturavam: tinta de lula, veneno de escorpião, solução de enxofre, folhas de carvalho, cabeças de lagartos. Experimentara também fazer tintas invisíveis a partir das indicações de um exemplar do livro *De occulta caligraphia* que me fora vendido por um livreiro da Rue Admont e estava proibido na escola de Vidors. O livro trazia receitas de tintas coloridas desprovidas de água que se tornavam visíveis em contato com o sangue ou ao ser esfregadas com neve ou expostas durante longas horas à luz da lua em noites sem nuvens. Outras percorriam o caminho contrário e iam do preto ao cinza e depois ao nada.

Minha carreira como calígrafo legal acabou quando redigi a sentença de morte de Catherine de Béza, assassina de seu marido, o general de Béza. Seu crime havia sido provado. Mais, ela o havia confessado. Certa vez, o general adoeceu e sua esposa chamou um velho médico que o atendia há muitos anos. Quase cego, o homem receitava remédios obsoletos e assinava atestados de óbito sem olhar o paciente nem fazer perguntas. Naquela manhã, o velho doutor acordou com febre e mandou em seu lugar um médico jovem que era seu protegido. Quando este chegou, o general já estava morto. Foram necessários poucos minutos para que ele rejeitasse a alegação de que a morte tinha sido natural: examinou com uma lupa holandesa as unhas do cadáver e encontrou nelas restos de arsênico.

A senhora de Béza foi julgada e condenada. Levaram a mulher ao patíbulo, mas o carrasco foi obrigado a interromper a execução porque o papel com a sentença, horas antes coberto de inscrições, era agora uma folha em branco, apenas enfeitada pela cor vermelha dos lacres.

Quiseram acusar-me de conspiração. Tentei desculpar-me dando explicações que misturavam ciência e fatalidade, mas passei três meses na prisão. Muitos consideraram o desaparecimento da sentença um sinal divino atribuível mais às virtudes da acusada do que à torpeza do calígrafo. E assim o tribunal acabou transformando o patíbulo em sentença de prisão.

Quando saí do cárcere fui ver meu tio. Esperava dormir noite e dia em uma cama de verdade, longe do fedor do calabouço, dos gritos e das ratazanas. Mas meu tio já havia preparado minha bagagem. O frio abraço com que me recebeu não comemorava minha volta, mas sim minha despedida.

— Estive oferecendo seus serviços enquanto você estava na prisão. Para não parecer um mentiroso, enviei a velhos conhecidos uma folha com a breve relação das suas virtudes e outra com a longa relação de seus defeitos.

— Alguém respondeu?

— Só recebi resposta do castelo de Ferney. Ali confundem tudo; lêem tudo ao contrário — entenderam os seus vícios como virtudes, e por isso te aceitaram imediatamente.

FERNEY

Tinha vinte anos e minha única posse era uma caixa de costura cheia de tintas e de plumas. A viagem a Ferney teria sido impossível para mim se meu tio, o marechal de Dalessius, não fosse o responsável por um serviço de transporte chamado Correio Noturno. Tratava-se de uma empresa que se ocupava de trasladar aqueles que tombavam. Nos tempos de guerra, chegava à França um grande número de corpos que precisavam ser devolvidos às suas cidades e aldeias. O sistema postal havia se encarregado, no princípio, desse tráfego, mas as cartas e mercadorias chegavam em um estado tão deplorável que as pessoas renunciavam à leitura da correspondência; queimavam as cartas assim que as recebiam. Os mortos haviam conseguido tornar incomunicáveis as regiões mais distantes do nosso reino.

O Correio Noturno se dedicou inteiramente ao transporte funerário. Meu tio herdara a empresa de meu avô. Sua sede era em um depósito que ficava nos arredores de Paris e um século antes havia funcionado como uma salgadeira de carne. Os corpos eram classificados ali mesmo, e os ataúdes fechados — freqüentemente cheios de sal, para que não se interrompesse a tradição do lugar — seguiam pelos caminhos da França. Eram 25 carruagens; como os itinerários eram caprichosos e os equívocos habituais, algumas famílias esperavam até meses pela chegada de um corpo. No começo, no fragor da guerra, aquele que tombara era recebido como herói, mas o tempo correu, a guerra terminou, e os carteiros passaram a ser vistos como portadores de notícias ruins, visitantes inoportunos que falavam de uma guerra que todos haviam conseguido esquecer.

Meu tio havia instalado nos ataúdes uma pequena janela com um postigo para que o passageiro pudesse ser visto; assim, evitavam-se os enganos. Outra de suas inovações foi a decisão de que cada soldado chegasse com a sua coleção de medalhas, mandadas cunhar pelo meu tio num fabricante de botões. Dessa maneira, todos recebiam um herói. Neste ofício, me disse o marechal Dalessius, há regras precisas: se vestir de preto, agir à noite, guardar silêncio.

Quando não havia guerras nem epidemias, a quantidade de carros era reduzida. Para conseguir clientes, meu tio procurara difundir a tese de um teólogo beneditino segundo a qual para garantir a sua entrada no Paraíso todo homem deveria ser sepultado no lugar onde nascera ou a uma distância dele não superior à que separa Belém do Santo Sepulcro. Através desses pequenos ardis e da colaboração do Estado, que lhe concedeu o transporte de executados e mortos na prisão, meu tio conseguia que não lhe faltassem passageiros, mesmo nos piores tempos de paz.

A viagem foi longa. Ferney ficava na fronteira com a Suíça. Expulso de Paris pelo rei, Voltaire comprara o castelo para poder fugir, em caso de ameaça, para a sua quinta de Genebra. Quando cheguei ao meu destino, todos os compromissos haviam sido cumpridos e o único passageiro era eu. Despedi-me de Servin, o cocheiro, e fiquei sozinho à porta do castelo.

Um secretário examinou meus papéis e ordenou que eu esperasse sentado. Logo as luzes das janelas foram apagadas e eu fiquei só na penumbra da sala. Ninguém aparecia para acender as lâmpadas, e acreditei que haviam se esquecido de mim. A viagem tinha me esgotado, e eu esperava apenas que me dessem alguma coisa para comer e uma cama, mas um criado veio me buscar e me levou até a ala leste do castelo. Havia tantos relógios nas salas que o resultado era um ruído ensurdecedor. Eu saberia depois que o tique-taque invadia até os sonhos, atormentando com engrenagens, ponteiros e números romanos as noites da servidão.

Não haviam faltado, na vida de Voltaire, combates, prisão, exílio. Esperava ver um gigante de cabeça enorme e olhos clarividentes, mas encontrei um ancião que não parecia real, mas sim um desenho de uma página de livro (um livro abandonado em um jardim durante uma noite de chuva). Os dentes haviam sido destruídos pelo escorbuto, a cabeça calva estava coberta por um gorro de lã, e a língua, devido à sua mania de molhar a pena com ela quan-

do a tinta secava, se tornara tão azul quanto a dos enforcados.
Quando entrei, não mexeu a cabeça. Talvez também fosse surdo. Sua atenção estava voltada para uns papéis que estudava com uma lente de aro de ouro.
— Imbecil — disse.
— Lamento ter chegado tarde.
— Imbecil é aquele que escreveu esta página.
— Algum de seus inimigos?
— Pior: eu mesmo. Por que esta estúpida fixação por dicionários? Você pode me explicar? É uma infecção que contraí em meus contatos com a Enciclopédia.
— Sou calígrafo. Também tenho afeição pela ordem alfabética.
Lembrei que o amor pelo alfabeto havia chegado a tal extremo na escola de Vidors que nossas aulas no ginásio consistiam em formar letras com nosso corpo. O *g* e o *h* eram as mais difíceis. Pela manhã éramos obrigados a escrever, no pátio gelado, fragmentos da *Eneida* em latim. Plantado em uma torre, nosso professor lia frases da obra.
— Vou confessar-lhe uma coisa: certa vez planejei escrever minha autobiografia usando a ordem alfabética. Se tentar algo semelhante, lembre-se que qualquer letra pode ser pulada, menos o *a* e o *z*, pois, ainda que faltem outras, estas dão a idéia de que um círculo se fechou. Se, em vez de dizer "Eu sou o alfa e o ômega", Cristo tivesse dito "Sou a beta e o psi", quem sabe o que teria sido do cristianismo.
Estendeu-me papel e pluma.

— Faça uma prova de caligrafia.
— Preferiria usar minhas plumas, se não se incomoda.
— Graças a estes instrumentos, perdeu o emprego anterior. Quem lhe garante que não perderá o próximo?

Não me deixei intimidar.

— O que devo escrever?
— "Minha mão treme como a de um ancião."

Efetivamente, minha mão tremia. Nunca havia acontecido antes. O resultado foram umas letras indecentes.

— A culpa é da pena que escolhi.
— Tente outra.

Peguei uma de ganso azul, a minha favorita, e o efeito foi pior.

— Esse ganso está batendo asas, mas, de qualquer maneira, vou contratá-lo; seu pulso treme tanto que acreditarão que sou eu mesmo quem escreve. Seu chefe imediato será Wagnière, meu secretário.

— Qual será o meu trabalho?
— Responder a cartas. Trabalhará aqui, nesta sala. Para responder a certas cartas, terá que me consultar. Outras ficarão a seu critério.

— Quem ler as cartas saberá que não foram escritas pelo senhor.

— Não se preocupe com isso. É melhor que saibam que não fui eu. Vão pensar: se não escreve as próprias cartas, é porque está mergulhado em uma obra importante. A ausência também é um efeito estilístico.

Fomos surpreendidos pelo estrondo de um desmoronamento. Voltaire foi até o corredor e fui atrás dele. Andava a passos largos, embora lentos, e eu, que devia ir atrás, me via obrigado a deter-me para não ultrapassá-lo. Demoramos a chegar ao lugar do desabamento, mas mesmo assim os papéis ainda flutuavam no ar, como se estivessem esperando pelo seu dono.

Junto com a gente, entrou no arquivo um homem alto, de ar triste e roupas fúnebres. Começou a escavar entre os papéis e ajoelhei-me ao seu lado para ajudá-lo. Sob o peso daquelas cartas amareladas, amarradas com barbante, alguém gemia e tossia.

Tirei um fardo de cartas comidas pelas traças; quase se desfizeram em minhas mãos. Lá no fundo, havia uma face tão afundada na poeira de papel que até parecia fazer parte da correspondência.

— Tiremos o pobre Barras — disse o homem alto. — Você puxe um braço que eu puxo o outro.

Tiramos o rapaz, quase moribundo. A cabeça e o lábio superior sangravam. Assim que pôde, livrou-se das nossas mãos e apressou-se em afastar os papéis, como se daquela camada espessa o observasse uma fera. Afastou-se mancando pelo corredor, enquanto gritava:

— Volto para a cozinha. Ao arquivo, jamais!

— Acho que precisaremos de um novo ajudante para a classificação da correspondência — disse o homem alto.

— Aqui está a pessoa. Wagnière, apresento-lhe Dalessius. Dalessius, ponha uma ordem neste desastre. De agora em diante, além de escrever cartas, você terá o arquivo sob sua responsabilidade.

— Não é perigoso para um aprendiz? — perguntou

Wagnière. — Barras quase morre e, no mês passado, aquele estudante da Alsácia...

— Se o senhor Dalessius se esforçar, aprenderá. Caso contrário, voltará para o lugar de onde veio... e no mesmo meio de transporte que o trouxe até aqui.

A CORRESPONDÊNCIA

Como Voltaire tinha muitos inimigos, abrir a correspondência era uma atividade muito perigosa. Enviavam-lhe agulhas envenenadas escondidas entre as páginas, cartas com ampolas que liberavam vapores peçonhentos, aranhas assassinas. Entre os pacotes que recebia, surgiam, freqüentemente, livros falsos que continham serpentes em hibernação ou delicados mecanismos explosivos. Em uma sala especial, afastada de todos para que não houvesse outras vítimas, eu revisava capas e papéis de embrulho com o coração paralisado. Era auxiliado por vários instrumentos que Voltaire havia comprado em Genebra e eram destinados a detectar armadilhas e explosivos: lupas de cristal de rocha, um delicado binóculo que podia ser introduzido nos invólucros sem que fosse necessário abri-los, uma lamparina de fogo azul que permitia ver através do papel.

Abrir a correspondência não era o meu único trabalho, tinha também que responder a ela, em nome de Voltaire.

— Pesquise em meus livros e acrescente algum tipo de agressividade à sua prosa de seminarista — ordenava ele.

Eu era muito jovem, e aquele trabalho — que logo tanto me surpreenderia — me enchia de impaciência. Aborreciam-me tanto a rotina quanto o perigo: comecei a abrir as cartas sem cuidado e a responder a elas sem reflexão. Surpreendia-me que existissem mulheres apaixonadas que escreviam a Voltaire com seu próprio sangue. Se vissem o cadáver vivente ao qual destinavam tanta paixão inútil teriam raspado todo o sangue para devolvê-lo às artérias. Por puro tédio, comecei a responder às cartas de meu senhor com todos os instrumentos de que dispunha. Não me privava de usar nada: plumas de albatroz endurecidas em iodo de espuma marítima, pincéis chineses de pele de macaco, tintas que brilhavam no escuro, tintas que apagavam à medida que alguém lia a carta para criar a ilusão de uma despedida. Mas Voltaire, a princípio entusiasmado com o meu próprio entusiasmo, começou a incomodar-se com as cartas que chegavam em branco ao seu destino, ou com as letras trocadas de lugar e com a sua assinatura brilhando na noite como o nome de um fantasma.

Para me afastar da tarefa, Wagnière me lembrou que a organização do arquivo estava atrasada. Eram tantas as cartas que seria possível enlaçar o mundo com aqueles barbantes amarelos e vermelhos que as atavam. As cartas reais, como as de Catarina da Rússia ou de Frederico, o Grande, deviam ser guardadas debaixo de chave, em um cofre de ferro. Usava um pequeno forno para queimar as cartas insultuosas, como as do bispo de Annecy, que a cada quinze dias acusava Voltaire de pecados ocultos, ou as ridículas, como a correspondência de uma sociedade de alquimistas de Genebra cujos membros asseguravam ter em seu poder o próprio Paracelso. *Nós o mantemos escondido no porão, em uma casa que fica à margem do lago. A cada três meses acorda, diz entre os dentes algo que nos soa como Voltaire e retorna ao seu sono secular.*

O forno de ferro funcionou sem problemas até que uma faísca (eu estava distraído lendo algumas cartas indecorosas enviadas por Madame de F.) fez arder uma pilha de correspondência do marquês D'Argenson pelas quais Voltaire tinha um apreço muito particular. Eu trazia comigo uma bolsa de areia que usava para minhas plumas e ocasionalmente como secador; usei a areia para apagar o fogo antes que o arquivo inteiro ardesse.

Não dormi aquela noite. Sabia que Voltaire pensava em um novo destino para mim: a expulsão ou a escravidão.

Ao amanhecer, fui vê-lo no salão onde escrevia. Atrás das janelas, umas árvores escuras me contagiaram com sua tristeza; o vento as transformava em pontos de interrogação. Voltaire estudava um parasita que encontrara em suas plantas.

— Temos que nos desfazer de tudo que nos carcome, tudo o que vive à custa dos outros — saudou-me Voltaire.

— Quero que prepare o seu equipamento.

— O senhor não poderia me dar alguma outra ocupação em vez de me expulsar? Não precisa de um bom jardineiro?

— O que entende de plantas? Quando visita o jardim, as rosas se ferem com seus próprios espinhos e as tulipas se suicidam em massa.

— E a cozinha?

— Cozinhariam você, e não estou certo de que este prato seria do meu agrado.

Eu gostava da vida em Ferney. Não queria voltar a subir as escadarias dos tribunais, bater na porta dos magistrados, esperar em escritórios abafados cheios de papéis. À medida que pensava na partida, as forças me abandonavam, e enquanto Voltaire se levantava diante de mim, eu envelhecia, e me encurvava.

— Agora mesmo arrumarei minhas malas e irei embora para sempre — disse. Fingia dignidade e procurava compaixão.

— O que você entendeu? Não o estou expulsando. Necessito que prepare sua partida mas para viajar a Toulouse.

— Toulouse?

— Ontem à noite recebi um viajante que me falou de um caso que o preocupa. Ele me contou que no tribunal do Languedoc se preparam para executar um protestante, Jean Calas, e talvez também toda a sua família.

— De que o acusam?

— De ter matado o próprio filho.

— Espero então que se cumpra a sentença.

— Eu espero que você investigue por que querem assassinar esse homem a todo o custo. Preparei-lhe alguns informes; leia-os no caminho.

— Sou um calígrafo, uma pessoa preocupada com a nitidez do traço, não com a verdade das palavras, que é ofício de outros. Dos filósofos, por exemplo.

— Estou velho para ir a Toulouse. Além disso, naquela cidade minha fama é um atalho para a morte. Não tenho pressa de morrer, e muito menos de morrer em Toulouse. Já para você não haverá nenhum perigo, se evitar pronunciar o meu nome. Já enviei uma mensagem a seu tio para que um de seus carros venha buscá-lo.

— Eu imaginava continuar aqui, escrevendo para o senhor, escrevendo para a história, e não viajando com mortos.

— Se seus caminhos são os da história, é natural que tenha mortos como companheiros.

A PASSAGEIRA

Servin, o velho cocheiro, vinha desta vez do outro lado da fronteira suíça. Transportava um casal de Avignon que havia morrido em uma avalanche nas montanhas. A tragédia havia acontecido dez anos antes, mas a descoberta dos corpos era recente. Acompanhava-os um terceiro ataúde, mas não procurei saber o que havia nele.

Viajávamos há três horas quando começou a chover. Diante de nós, tudo eram sombras e árvores negras. Perguntei a Servin, aos gritos, se não queria que o substituísse, mas ele não me respondeu; bebeu mais um trago da sua garrafa e açoitou os cavalos, indiferente à tormenta.

Servin mandou que eu descansasse no interior do carro, para que pudesse substituí-lo depois. Um pequeno catre de ferro pendia de umas correntes acima dos três ataúdes. Trepei no catre, acomodei-me sobre uma manta e cobri o corpo com uma outra. Pude dormir alguns minutos, apesar dessa cama suspensa que balançava feito louca e do gemido das correntes. Um movimento brusco me despertou de um sonho no qual eu devia levar o cadáver de Voltaire para um lugar remoto. Segundos depois, uma sacudida mais violenta me fez voar pelos ares e me jogou sobre o terceiro ataúde.

Como se alguém estivesse respondendo aos golpes, o postigo se abriu. Fui então espiar, com a ajuda intermitente dos relâmpagos, o terceiro passageiro. Eu ainda tinha aquela mesma curiosidade que me levava, na infância, para junto dos enforcados, onde ficava olhando as línguas azuis, as plantas dos pés que exibiam símbolos desconhecidos talhados à navalha, o trabalho paciente das velhas supersticiosas do povoado que arrancavam unhas e dentes. Já imaginava uma maquiagem indecorosa quando descobri a mulher. Fora linda e nada mudara; aqueles traços não falavam de morte e sim de feitiço. Por uma porta secreta, eu havia entrado em um conto.

Aos gritos, fiz com que Servin detivesse a carruagem. Esperei que a tormenta nos presenteasse com outro relâmpago. O cocheiro não se alterou.

— Às vezes o clima seco deixa os corpos intactos.

— Esta chuva pode ser chamada de clima seco?

— Quem sabe ela não foi embalsamada segundo as técnicas egípcias? Dizem que em Genebra há agências funerárias que untam os corpos com gordura animal e colocam no lugar dos órgãos serragem de cedro.

Quis retê-lo para compartilhar com ele o mistério, mas Servin retomou as rédeas, alheio à maldição da curiosidade, que nos leva a buscar respostas e a encontrar problemas.

Escondemos a carruagem atrás de umas árvores e passamos a noite em uma pousada sem dizer à dona qual era o nosso carregamento. De outra maneira, não nos teria recebido, já que em geral coveiros, cocheiros do Correio Noturno e carrascos não são aceitos como hóspedes. Continuava chovendo e havia uma goteira em cima da minha cama. Eu mudava de lugar, mas a goteira me perseguia, me lembrando que havia um mistério a resolver.

Escorreguei por uma janela, tendo o cuidado de não acordar o cocheiro, e abri a porta da carruagem. Levava comigo uma lamparina com a qual iluminei por um longo tempo o rosto atrás do vidro. Quanto mais próximo estava a luz, mais escuro ficava. A mulher tinha os lábios apertados, como se estivesse a ponto de contar um segredo. Não havia método egípcio capaz de tal perfeição.

Pela manhã Servin me encontrou dormindo sobre o ataúde e me despertou com um soco na cabeça.

— Vou falar com o marechal. Era só o que me faltava: você se apaixonar por uma passageira! Agora se ocupará dos cavalos até Avignon.

Deixei que os cavalos me levassem. Pareciam-me mais sábios, com aqueles movimentos rápidos de cabeça de um lado a outro, como se aceitassem filosoficamente as contradições do mundo. Comecei a falar com eles e creio que me entendiam, porque às vezes erguiam a cabeça, concordando com os meus argumentos.

Parara de chover quando Servin me substituiu. Não me animava a dizer que havia errado o caminho, mas o cocheiro só precisou olhar o bosque para fazer com que os cavalos retornassem pelo caminho já percorrido. Encontrou o caminho para Avignon, entregou os corpos embalados nos Alpes e cobrou uma imensa propina, da qual me entregou menos de uma décima parte. Prometeu que quando chegássemos a Toulouse eu receberia algumas moedas mais.

Sempre que passávamos no meio de algum povoado para nos abastecermos de comida, os habitantes fechavam as janelas e cruzavam os dedos; a passagem do Correio Noturno era sinal de mau agouro. Em dois povoados nos bloquearam o caminho e fomos obrigados a pegar um desvio. Quis convencer Servin a tirar os babados pretos e as imagens alegóricas talhadas na madeira que decoravam a carruagem. Sem símbolos, a carruagem pareceria um transporte comum. Mas Servin se negou.

— O marechal de Dalessius se ocupa pessoalmente da decoração de cada carruagem e não aceita nenhuma mudança. Quer que nos reconheçam de longe. As voltas e os atrasos não devem nos preocupar. Como ele diz: o desvio de um caminho também é um caminho.

TOULOUSE

Estivera ansioso por chegar, mas agora que as rodas, a ponto de dar um último giro e abandonar o eixo, marcavam com caligrafia vacilante a rota de Toulouse, senti aquela mistura de cansaço e inquietude que domina o viajante que entra numa cidade desconhecida.

Entregamos o último ataúde na Rua dos Cegos. Era a casa do senhor Girard, um fabricante de brinquedos que exibia, sobre uma larga mesa, cavalos de madeira pintados de azul, quebra-cabeças com a imagem de plantas de cidades, bonecas de porcelana e exércitos de soldados de chumbo que pareciam voltar de uma derrota, desarvorados, famintos e com a bandeira em trapos.

— É sua filha? — perguntei.

— O Correio Noturno tem a fama de não fazer perguntas — respondeu Girard.

— Correto — disse Servin, preocupado com a possibilidade de a minha curiosidade diminuir ou cancelar a gorjeta. — Peço que o desculpe. O jovem Dalessius é novo no ofício.

O dono da casa deu algumas moedas para cada um de nós, mas Servin ficou com as minhas.

— Já lhe basta ter viajado de graça — disse, discretamente.

Perguntou ao fabricante de brinquedos se queria que a gente deixasse o ataúde em algum outro lugar da casa.

— Aí está bom — disse Girard, doido para nos ver pelas costas.

Como já não corríamos o risco de perder a gorjeta, perguntei-lhe do que a moça havia morrido.

— Comeu uma maçã envenenada. — Girard já nos empurrava até a porta.

Saímos para a rua e ali mesmo Servin se despediu de mim. Tinha um compromisso fora da cidade. Estendeu a mão, e na mão havia uma moeda. Disse para que eu me cuidasse, e que se perguntassem quem tinha me enviado respondesse qualquer coisa, que era emissário do demônio ou dos huguenotes, mas por motivo algum dissesse a verdade.

Encontrei uma pensão perto do mercado e aluguei um quarto. Tive que pagar um adiantamento de duas noites.

— Está vindo por causa das festas? — perguntou o dono, um homem com a cara marcada por enfermidades e feridas. Faltavam três dedos em sua mão direita.

— Não. Há uma festa esta noite?

— Começam dentro de alguns dias.

— O que se comemora?

— A jornada em que o povo de Toulouse teve a bravura de se livrar de quatro mil huguenotes. Completam-se duzentos anos.

— Os expulsaram?
— Ao outro mundo. O senhor nunca verá fogos de artifício que subam tão alto; dizem que nem na China há melhores. Há quinze anos perdi três dedos porque fui encarregado de acender os fogos. E acredite: não me arrependo. Assim que fui ferido, pensei: a outros cabe cheirar a pólvora e ser despedaçados nos campos de batalha; a mim me toca ser herói aqui. Voltaria a fazê-lo, principalmente agora que temos os Calas como convidados. Todo um ano de tédio junto ao fogo e de saudações aos passageiros que chegam e vão embora; todo um ano de espera para ver como o mundo explode. Quando a data se aproxima, volto a sentir os meus dedos perdidos.

À noite, me aproximei da janela e vi cinco homens vestidos de branco, com capuzes sobre a cabeça, carregando uma imagem de Cristo. Voltaire tinha me advertido: cuidado com os penitentes brancos. As janelas se abriam diante da sua marcha para deixar cair flores murchas sobre os capuzes de linho.

O LUGAR DO CRIME

O quarto onde me alojei era estreito e frio. Antigos hóspedes haviam gravado os seus nomes nas paredes úmidas. A manta estava tão suja que se tornava muito mais pesada e quente do que teria sido se estivesse limpa. Passeavam pelo chão insetos de todo tipo; estudei-os com minhas lupas enquanto esperava que o sono me libertasse daqueles detalhes incômodos. Capturei alguns: eu gostava de esmagar insetos entre as páginas dos meus livros, porque assim o espécime dissecado passava a me fazer lembrar das circunstâncias da leitura.

De manhã, comi um tipo novo de pão criado pelos padeiros de Toulouse para homenagear o filho dos Calas. Tinha a forma de um enforcado e era enfeitado com grãos de sal e passas de uva e uma diminuta corda decorada com sementes de gergelim. Nessa mesma manhã acabei de ler os informes que Voltaire havia me dado sobre o caso e visitei a casa dos Calas.

Os juízes tinham colocado um guarda permanente na porta. Perguntei ao único soldado se podia entrar e ele respondeu que não. Havia previsto a circunstância, e tirei da minha bolsa uma garrafa de vinho e um daqueles pães com a forma de um enforcado. Então o guarda se afastou, e eu percorri os quartos desmantelados. Todos os seus habitantes haviam sido arrancados da casa, e o pai, a mãe, o irmão, o amigo que viera visitá-los e até a criada estavam na prisão, e com eles havia desaparecido todo o mobiliário. Só permanecia em seu lugar um prego gigantesco, enferrujado, que havia sustentado a corda de Marco Antônio. Senti que havia cruzado a França só para ver aquele prego.

— Por que ninguém o levou? — perguntei ao soldado que fazia a guarda.

— Dizem que está amaldiçoado. Ninguém quer tocar nele.

Aproximei-me para testar a solidez da peça e mostrar também que não acreditava em superstições, mas me arrependi.

— O senhor estava aqui quando saquearam a casa?

— Não, mas me contaram que vieram cantando pela rua e agitando tochas. Quando chegaram na casa, se detiveram e permaneceram por um segundo em silêncio: a inspiração havia cessado imediatamente e já não sabiam o que fazer, se se ajoelhar ou depredar. Ao cruzar a porta, recuperaram o entusiasmo: muitos nunca haviam entrado numa casa destas, e conheceram o prazer de revolver baús, de caminhar em volta de móveis. As vidas alheias são cheias de segredos. Em um determinado momento, uma mulher quis queimar a casa. Pôs fogo numa cortina, os outros o apagaram e quase queimaram a mulher. Vieram todos juntos, mas foram embora sozinhos; vieram cantando e se foram em silêncio; chegaram com tochas e desapareceram na escuridão.

Eu examinava, com a minha lupa, cada canto da casa. O guarda me seguia. Havia menos testemunhos da vida dos Calas do que dos saqueadores: pedaços de roupas, lascas de madeira, ossos de galinha, garrafas quebradas.

— Há poucos santos nesta nossa época de impiedades. Por isso são pagos preços tão altos pelas relíquias. No mercado negro é possível conseguir dentes de enforcados a dois francos.

— É necessário checar se são verdadeiros.

— Todos são verdadeiros. As centenas de dentes que ali são vendidos, as unhas, os cachos de cabelo. Quando me colocaram de guarda, só restavam os livros do mártir, que ninguém queria. Livros não são considerados relíquias. Mas o senhor parece interessado neles. Talvez possamos chegar a um acordo.

Mencionou quantias fabulosas. Não respondi e me concentrei em examinar o prego com minha lupa. Baixou o preço mais e mais, até que percebeu, com desalento e irritação, que a sua única alternativa era a de ouvir a minha oferta.

— Façamos uma coisa — propus, enquanto limpava a lente na camisa. — Não tenho dinheiro para comprar os livros, mas se o senhor deixar que eu dê uma olhada neles lhe dou uma moeda agora. E outra quando terminar.

Aceitou. Aproximou-se da janela para comprovar que não havia ninguém por perto.

— Eu os escondi.

Fomos ao quarto que havia sido da criada. Levantou as madeiras do piso e me estendeu cinco livros cobertos de poeira. Procurei, dissimuladamente, algum papel perdido em seu interior, mas não encontrei nada, salvo anotações nas margens que demonstravam o interesse do leitor por determinadas passagens. Li os títulos dos livros: uma coletânea de fragmentos de Sêneca, reunidos por temas, *Hamlet, o príncipe da Dinamarca*, de William Shakespeare, um discurso de Cícero, a *Apologia de Sócrates*, de Platão, e um quinto livro que, por mais que force a memória, se recusa a aparecer. Cada um dos parágrafos que o leitor havia escolhido e assinalado com lápis aplaudia a morte voluntária. Aquele homem não havia chegado ao suicídio por distração ou por um ataque de melancolia; havia se preparado até estar maduro para a corda.

— Estas provas poderiam salvar os Calas. Por que não leva os livros ao tribunal?

— Livros nunca salvaram ninguém. É tarde para os Calas. Precisamos de um mártir: os fanáticos precisam dele, assim como nós, os homens como o senhor e eu, que não sabemos em que acreditar. Minha mãe sofria de uma chaga na perna esquerda que atingira o seu joelho; foi a um funeral, rezou, e a ferida cicatrizou. Como o senhor explica isto? Reze para o enforcado.

— Prefiro rezar para um santo mais experiente.

— O enforcado já me fez favores. Ganhei uma moeda e agora devo ganhar outra.

Estendeu a mão. Paguei e deixei a casa em ruínas.

A MÃO MECÂNICA

Nas redondezas da igreja de Santo Estêvão, vendedores de relíquias mostravam às escondidas os seus pequenos troféus encerrados em frascos de vidro tão grossos que deformavam e agigantavam os seus tesouros. A igreja estava abarrotada de paroquianos que exigiam doses cada vez maiores de incenso, até que se formou uma neblina pegajosa. Os círios tingiam a penumbra de amarelo. Sobre as cabeças pendia um esqueleto enegrecido que uma etiqueta declarava ser propriedade da faculdade de medicina de Toulouse. Acostumado a ser um simples objeto de estudo, o esqueleto parecia desconcertado diante de tamanha consagração. Sua mão direita sustentava uma pluma molhada em sangue, e a esquerda, uma palma, símbolos da conversão que o assassinato evitara.

Segui caminho até o tribunal onde os Calas estavam sendo julgados. Havia guardas armados na porta. Não deixavam ninguém entrar. Mesmo sendo tarde, as conversas no interior do edifício prosseguiam, e no alto se viam janelas iluminadas. Diante da porta principal, umas cem pessoas se dedicavam à troca de boatos e olhavam para os vidros como se as oscilações da luz guardassem alguma mensagem.

Abordavam cada um que entrava ou saía do tribunal para exigir notícias; ninguém respondia nada, mas a multidão acreditava que aquele silêncio confirmava suas esperanças e convicções. Interrogaram todos, menos um homem alto, de capa, que parecia impor silêncio a distância; ele caminhava como se cada passo fosse o ponto final de alguma frase inútil. Ouvi a meu lado um sussurro:

— Esse que está saindo agora é o homem que limpou o corpo. Antes trabalhava como carrasco.

Segui o homem da capa enquanto procurava em minha bolsa dinheiro para pagar pelas suas informações. Ele caminhava muito depressa e tive que correr para acompanhar seus enormes passos. À medida que avançávamos, as janelas se fechavam e se apagavam as luzes, e tive a ilusão de que eram os passos daquele homem que davam a ordem para que as pessoas fizessem isso. Detive-me junto a uma fonte de água preta: o meu perseguido desaparecera. Não tive tempo para pensar. Senti o laço na garganta e os pés distantes do solo. Mesmo que a distância fosse pequena, foi suficiente para que sentisse saudades da terra. A água refletia a lua. Movi-me em vão, dançando o balé final dos enforcados.

— O último homem que tentou me roubar perdeu a mão direita. Trago-a sempre comigo, numa caixa cheia de sal. Ela me dá sorte.

Tentei falar mas não pude. Procurei uma moeda em meu bolso e deixei-a cair sobre a pedra da rua. Meu atacante desarmou então o patíbulo, e meus pés voltaram a tocar o solo.

— Não venho roubá-lo e sim pagar-lhe — disse.

— Não vendo nada.
— Compro palavras.
— Falo pouco.
— Ouvi dizer que o senhor lavou o corpo de Marco Antônio Calas.

Perguntou por que me interessava pela morte de Calas a ponto de pagar por uma resposta. Disse que trabalhava para os jesuítas e que eles queriam saber se era mesmo verdade que era um mártir. Os jesuítas, expliquei ao homem, estavam tratando de acelerar os processos de canonização de sacerdotes assassinados no Oriente e não queriam que qualquer veneração improvisada os desviasse das premências da Igreja. Adicionei outra moeda de prata.

— Ocupei-me do corpo até que ele me foi arrebatado pelos dominicanos brancos — disse o carrasco. — Entraram seis deles no porão do tribunal, me mostraram um papel que não consegui ler e o levaram em procissão.

— Estava ferido, como se o tivessem enforcado à força?

— Nenhuma marca, salvo um corte no ombro esquerdo, ferida muito antiga. Sentamos na beira da fonte.

— Não pensava em matar o senhor. Não é bom matar um homem em noite de lua cheia: ele passa a perseguir você nos sonhos.

O carrasco tinha mãos grandes marcadas por cordas e machados. Disse a ele que havia ouvido a respeito de sua antiga profissão.

— Cortei cabeças em Paris, enforquei infelizes em Marselha e, na Itália, empurrei réus do alto de uma torre. Caíam sobre o mármore e um pintor retratava a sua última pose. Mas a verdadeira arte é o machado. São poucos os que podem cortar uma cabeça de um só golpe. A corda, por sua vez, é o mais simples e o menos confiável dos métodos.

— Por quê? Alguém sobreviveu alguma vez?

— Apenas um viveu para dizer: eu fui executado por Kolm. Um marselhês que pagara ao meu ajudante para que desgastasse a corda de tal maneira que, ao saltar, ela se rompesse. Acabou livre. Em Marselha, não se permite enforcar duas vezes um mesmo homem pelo mesmo delito. Mas não falemos de coisas tristes.

Kolm trabalhava para a justiça de Toulouse, que o encarregara de lavar os corpos em tinas cheias de água de lixívia, suturar as feridas e, em alguns casos, averiguar a causa da morte. Fora contratado por causa de sua experiência como carrasco.

— Por que deixou o ofício?

— Me cansei de que precisem da gente e nos desprezem. Olhe este bastão.

Ergueu sobre a minha cabeça um bastão largo, de madeira escura, com empunhadura de prata. Na extremidade, havia uma pequena mão. A reprodução era perfeita. Na empunhadura havia um mecanismo que, quando ativado, fazia a mão abrir e fechar.

— Antes, quando ia ao mercado, me impediam de tocar os alimentos com as mãos. Ninguém me cumprimentava. Então comprei este bastão, feito para mim por um artesão de Nuremberg. No início ninguém achava inconveniente saudar a mão de prata ou aceitar que ela tocasse maçãs ou peixes. Mas o mecanismo começou a falhar e agora ela tritura tudo o que toca.

A mão abriu e fechou. Kolm me convidou a testar o mecanismo. Levantei o bastão e ao olhar para cima vi uma mulher ocupando uma janela. Era a passageira que havíamos levado ao fabricante de brinquedos da Rua dos Cegos.

Ouvi o barulho da janela se fechando.

Não tive nenhuma intenção de dizer nada, mas descobri que a minha voz parecia ser de outro.

— Uma mulher que está morta acaba de fechar uma janela.

— Conheço os mortos e sei que nunca voltam. Se voltassem, já teriam me visitado. — Olhou para a casa. Era a única que ainda exibia algumas luzes acesas. Na fachada estava dependurada uma sineta de bronze. — Ali trabalham dezessete mulheres e embora desapareçam de dia, à noite voltam à vida.

Suas palavras não me tranquilizaram e me afastei rapidamente pela rua vazia. Kolm me seguia, quem sabe por quê, e a lua ao carrasco.

A REPRESENTAÇÃO

Dois dias depois passei para pegar Kolm, que me prometera verificar se havia no tribunal vaga para um calígrafo. Ele vivia num albergue destinado aos de seu ofício. A confraria dos carrascos tinha uma casa em cada cidade para contornar os problemas de hospedagem que atingiam os seus membros. Nos quartos, me contou Kolm — eu, como nunca executara ninguém, tinha o acesso proibido —, havia machados, capuzes e cinturões de carrascos lendários Aqueles objetos deixavam Kolm nostálgico. Perguntei por que havia deixado uma profissão tão rentável.

— Há cinco anos trabalhei no combate a uma revolta contra o senhor de Ressing. Havia cortado umas dez cabeças quando me pareceu que de lá de baixo me olhavam uns olhos conhecidos. Mergulhei a mão na canastra ensangüentada e descobri a cabeça do meu pai. Fazia muito que não o via e o executara sem me dar conta. Sei que meu pai me reconheceu, mas não me disse nada. Não interrompeu o meu trabalho. Desde então não executei mais ninguém. Não pude resgatar o corpo dele, mas levei sua cabeça em uma caixa de vidro até o povoado onde nascera e lhe dei o funeral que merecia. No epitáfio, escrevi: *Theodor Kolm jaz aqui. E também em outro lugar.*

Era domingo e Kolm não trabalhava. Caminhamos até que vimos, num dos lados do mercado, uma aglomeração. Nos aproximamos: uma companhia representava a obra *Os assassinos Calas*.

Os atores haviam montado seu cenário em uma praça em ruínas, entre estátuas de cavalos adormecidos. A Igreja sempre foi inimiga dos atores, os quais condenara durante séculos a ser enterrados fora da terra consagrada. Mas, como a companhia escolhera um tema de grande interesse popular, os dominicanos brancos concordaram até em pagar pela representação. Naquela mesma noite eu escreveria um resumo da obra, que seria enviado a Ferney:

A família Calas está sentada à mesa. Chega um amigo que vem de longe. Começa a falar de sua cidade. Ao final de um tempo, nota que não estão prestando atenção e que ninguém responde a seus comentários. O pai, Jean Calas, acaba interrompendo-o: diz que precisa tomar uma decisão.

Marco Antônio se prepara para assinar a sua conversão ao catolicismo, explica o pai. Está há dezessete dias trancado em seus aposentos, lendo a Bíblia. Colocamos no meio das páginas aranhas e cobras, mas nada o distrai.

À noite, diz a mãe, temos lhe dado velas das quais retiramos quase todo o pavio para que se apaguem logo, mas ele continua lendo, controlando a luz da lua através de um sistema de espelhos. E nas noites sem lua, na mais completa escuridão, repete as palavras sagradas, que para nós já não são sagradas.

Não há jeito de convencê-lo?, pergunta o amigo. Mulheres? Uma viagem?

Já tentamos tudo, diz o pai. Agora devemos sacrificar o cordeiro.

Mas é o nosso cordeiro, diz a mãe. Se esperássemos um pouco mais...

O pai: amanhã ele seguirá até Santo Estêvão para assinar a conversão. Então poderá atuar como advogado. Talvez atue contra nós, para provar que a sua decisão é sincera. Não há fé mais daninha do que a fé dos convertidos.

Onde vamos fazê-lo?, pergunta o amigo.

Lá em cima há um prego, no alto da porta. Nunca encontramos nenhuma utilidade para ele, mas também não conseguimos arrancá-lo.

Talvez devêssemos esperar até amanhã, diz a mãe.

A corda está impaciente, diz o pai.

Em silêncio, sobem para buscá-lo. À frente do grupo, vai Jean Calas, com a corda em suas mãos.

Marco Antônio está lendo na cama quando é interrompido.

Viemos falar com você.

Com uma corda? Estranha conversa.

Falemos da decisão que você vai tomar.

Já é tarde. Estão me esperando. Renuncio à fé de Lutero.

Então não resta outro caminho, diz o pai.

Onde será?, pergunta o filho. Gostaria de terminar este parágrafo, que fala do martírio.

O pai arranca a página. Enfia a bola de papel na boca do filho.

Você não precisa ler sobre martírios: já saberá por experiência própria.

A mãe e o amigo sustentam o jovem. O pai passa o laço pela cabeça. Todos levantam Marco Antônio e o penduram.

A obra tivera tal êxito que, arrebatada pela indignação, a gente atirava pedras contra os atores, confundindo-os com os personagens que representavam.

O chefe da companhia, a quem coubera o papel de Jean Calas, teve que gritar para que o ouvissem.

— Não descarreguem a sua ira contra nós. Somos meros atores. Mas estamos tão convencidos do que fazemos que nosso Marco Antônio é um verdadeiro enforcado. Em Marselha, um erro o empurrou ao patíbulo, e um milagre o salvou.

Do estrado, Marco Antônio deixou que o público visse as marcas que tinha no pescoço.

— Eu fui o carrasco desse homem — me disse Kolm ao ouvido. — É a imagem do meu fracasso.

— Mas que importância tem isso? Você já deixou a profissão.

Fomos para longe da multidão e da gritaria.

— Quem foi carrasco é sempre um pouco carrasco.

O EXAME

Kolm me acompanhou até o tribunal, onde eu prestaria exame para o cargo de calígrafo judicial. Novos calígrafos eram contratados a cada semana, enquanto outros abandonavam o trabalho, chateados com a desordem dos tribunais, as ordens contraditórias e o medo das tintas envenenadas. Corria entre os calígrafos da região a lenda de que existia uma palavra maldita. Tudo ia bem até que, escondida em um texto judicial, a tal palavra aparecia. Então quem a escrevia era atingido por uma desgraça.

Apresentei-me ao lado de outros vinte jovens no amplo salão onde seríamos submetidos a exame. Havia bancos de madeira riscados por navalhas: naquelas inscrições clandestinas podia se aprender caligrafia melhor do que em qualquer tratado. Notei logo que não era tão rápido quanto os outros e me dei por perdido.

— Você já pode ir — me disse o examinador. — Não entendo como se atreveu a apresentar-se tendo a mão mais lenta do que um caracol.

— Minha mão pode ser lenta, mas sabe aonde vai. O senhor já viu um caracol abandonar seu caminho para corrigir um erro? Acompanhe-me até o pátio.

Quando chegamos ao pé de um tanque, perguntei o seu nome.

— Tellier.

Com uma tinta oleosa, escrevi Tellier na superfície da água, mas ao contrário, em espelho. Quando aproximei da água uma folha de papel japonês, ficou impresso nele o nome correto, agora enfeitado por folhas de nogueira quase reduzidas a nervuras. Fui aceito imediatamente. Levaram-me a um dormitório, me deram uma capa azul e uma placa de bronze que eu deveria pendurar no pescoço e na qual se lia: *calígrafo*.

Assim, pude, nos dias que se seguiram, passear pelos arquivos do Languedoc, redigir documentos e fazer anotações nas sucessivas sessões sobre o caso Calas. O assunto já parecia aborrecer a todos, como se os protagonistas tivessem morrido muito tempo atrás e os juízes e assistentes fossem seres melancólicos encarregados de manter viva a memória de um acontecimento remoto. As testemunhas desfilavam: os Calas nunca haviam feito mal a ninguém, não tinham nada contra os católicos; o filho mais velho, que vivia fora de Toulouse, havia se convertido e mesmo assim continuava recebendo uma pensão mensal. Mas as testemunhas apresentadas pelos advogados dos Calas não podiam competir com a onda de milagres: os cegos viam, os paralíticos caminhavam e males incuráveis desapareciam quando se rezava ao enforcado.

Escrevi a Voltaire que a tragédia se avizinhava, que a defesa havia conseguido salvar a vida das mulheres e do irmão, mas que o pai já estava condenado. De todas as versões possíveis, triunfava a mais incrível: que Jean Calas, um homem de 65 anos, passara a corda pelo pescoço do filho, vencera a sua resistência e, sem ajuda de ninguém, pendurara-o na porta.

Ganhei, nos dias seguintes, a confiança dos meus superiores graças ao meu fanatismo pela caligrafia. Aproveitava qualquer oportunidade para declarar que a imprensa, sempre disposta a divulgar as piores idéias, e a Enciclopédia, sua obra final, resumo ímpio do mundo, despojavam as palavras de todo o sentido transcendental. Já o calígrafo aborda o mundo como os antigos copistas; escreve para iluminar. Com minhas opiniões, ganhava a confiança de Tellier e de seus subordinados. Defendi tanto a minha arte com argumentos teológicos que acabei por acreditar naquilo que inventava. Às vezes me digo, enquanto transcrevo as atas do Cabido: Deus fez o mundo sem a imprensa — à mão, letra a letra. E esse pensamento, ou pelo menos o esforço para acreditar nele, justifica as horas perdidas.

Uma tarde Tellier me encarregou da tarefa de levar um maço de documentos ao monastério dos dominicanos. Mesmo não sendo o caminho mais curto, passei diante da Casa da Sineta. Seus habitantes dormiam. Todas as janelas estavam fechadas.

À porta do monastério, fui detido por um encapuzado. Disse que deveria entregar os documentos ao padre Razin. Olhou para a placa de bronze que pendia em meu peito e me levou por um corredor até uma escada. Encontrei uma porta ornamentada e hesitei entre abri-la e seguir pela escada até embaixo. O encapuzado havia desaparecido. Bati discretamente e ninguém respondeu — a madeira era tão grossa que os golpes não chegavam ao outro lado. Empurrei a porta o suficiente para insinuar-me.

Cortinas púrpura dramatizavam o claustro. Nas proximidades, a luz das velas era intensa, mas um pouco adiante se dissolvia, impedindo que se visse o final do salão. Cinco monges se inclinavam diante de mapas imensos e planos de cidades. Não me olharam. Mantinham uma conversa feita de sussurros e sinais. Estudavam terras atravessadas por rios e cadeias de montanhas ou cidades divididas, e colocavam, aqui e ali, minúsculas peças de chumbo com imagens de cruzes e de forcas. Pareciam entregues a um lentíssimo jogo, iniciado há muitos anos, de regras que haviam sido gastas na metade da partida.

Uma mão de ferro desabou sobre o meu ombro.

— Não é por aqui — disse o monge que me abrira a porta. — É lá embaixo. Empurrou-me com impaciência. Quase rolei pelos degraus desgastados.

O padre Razin estava sentado diante de uma escrivaninha. Era o líder dos penitentes brancos, a ala mais fanática dos dominicanos. As mãos eram garras que num abrir e fechar de olhos arrancaram das minhas mãos os papéis que levava. Leu-os em um átimo e rabiscou umas linhas em um papel.

— Que o lacre não sofra nenhum dano. Já perdemos três mensageiros por falta de cuidado ou traição.

Era tarde. Os tribunais estavam desertos. Entregaria a mensagem no dia seguinte. Levei a carta ao meu quarto e guardei-a debaixo de uma almofada. Assim que fiz isso, ouvi, vinda de um castelo distante, uma voz apagada que me ordenava a abrir a carta.

O risco era grande, mas eu tinha a meu favor o fato de ter trabalhado com lacres parecidos. Em primeiro lugar, fiz, com chumbo fundido, um molde do lacre; depois, quebrei o lacre até separá-lo da página com um estilete finíssimo. Um banho de vapor e folhas de eucalipto terminaram por abrir a carta.

A letra de Razin quase rasgava o papel: "Informe a Paris sobre as novidades do caso. O Senhor nos abençoou com uma epidemia de milagres; o nome de Marco Antônio já não poderá ser manchado. Nosso problema agora é a mulher que enviaram da Suíça a Girard; ele a emprega como atração da Casa da Sineta. Não deve haver nenhum outro filho de Von Knepper no Reino da França. Preciso de homens de sua confiança. Do resto, eu mesmo me ocupo. O mal utiliza meios angelicais; o Bem precisa agora de meios infernais."

Derreti o lacre e preenchi o molde que havia fabricado; recoloquei então o selo. Uma vez seco, limei-o com paciência, para eliminar qualquer possível imperfeição.

A impaciência de Tellier foi a minha grande aliada. Quebrou o lacre sem sequer olhá-lo.

— Cheira a eucalipto. — Foi a única coisa que disse depois de ler a carta.

— Hoje saí cedo, quis dar um passeio e me perdi no bosque.

Colocou nas minhas mãos um punhado de moedas opacas, que pareciam manchadas de fumo. As moedas eram a chave que abriria para mim a Casa da Sineta.

A SINETA DE BRONZE

Diante da porta, um guardião alto esperava, sem dizer palavra, algum tipo de contra-senha que levei alguns minutos para adivinhar. Mostrei o dinheiro que levava.
— É suficiente para a mulher da última janela?
Não respondeu, mas afastou-se para me deixar entrar.
Em um salão, sentados em poltronas gastas de veludo vermelho, cinco homens esperavam que mulheres e quartos fossem desocupados. Estavam disfarçados com máscaras de cães, de coelhos e de ursos. Permaneciam na escuridão, retraídos como monges, e não havia em sua atitude concupiscência alguma: enfado, talvez timidez, algum arremedo de dignidade. Durante o carnaval, os disfarçados encontram prazer em esconder o rosto e mostrar a máscara; meus companheiros de espera pareciam querer esconder também a máscara, como se esta revelasse, através do animal escolhido, uma fração da sua identidade. Deram-me uma máscara de urso e me fizeram esperar em um canto.
De tempos em tempos, entrava na sala de espera um anão que fazia soar uma sineta de bronze na cara do eleito para depois levá-lo escada acima. A pequena sineta era uma réplica exata daquela que enfeitava a fachada do edifício.

Todos dependiam dos passos do anão, o qual, consciente do interesse que despertava, fazia soar as botas batendo-as contra os degraus de chumbo. Já a sineta soava amortecida, como se estivesse debaixo do mar.

Eu tinha começado a dormir quando o som da sineta me despertou e vi diante do meu rosto a cara branca do anão. Subimos vários lances de escada até o último quarto. O guia me obrigou a deixar em uma bolsa de couro todo o dinheiro que levava. E me fez então passar, fechando a porta às minhas costas.

Vi primeiro um biombo, onde havia formas confusas que podiam ser dragões ou mulheres, dependendo da incidência da luz. Passei para o outro lado e vi uma cama grande e uma mulher deitada, coberta com uma colcha de escamas douradas e negras que só permitia que se visse o seu rosto. Estava com os olhos abertos, e dela emanava um frio gélido que dominava o aposento. Também ela, como as figuras do biombo, poderia adquirir a forma de mulher ou dragão, conforme os caprichos da luz.

Eu disse o que tinha vindo dizer: a verdade. Era, como toda a verdade, uma forma de despedida.

— Não sei como você está viva, não sei se tem uma irmã idêntica, se se trata de um feitiço ou se enlouqueci. Mas logo, talvez hoje mesmo, os penitentes brancos virão para matá-la. Se você vier comigo, se confiar em mim poderá se salvar.

Fez um gesto ligeiro com a mão, nunca soube se de aceitação ou de pesar. Ouvi então, vindo lá de baixo, um primeiro golpe, depois um disparo e em seguida o grito de uma mulher. Uma força obscura invadia um quarto atrás do outro, e em cada um despejava golpes e estampidos.

Entrou o anão, ainda menor agora que o peso do mundo o esmagava. O que fez foi incompreensível: meteu os dedos na boca da mulher, como se estivesse escondendo um tesouro em sua garganta.

— Estão degolando todas as mulheres para ver se elas têm sangue. Ajude-me a levá-la pela saída secreta, que fica ali, atrás do biombo.

Mas já era tarde: um encapuzado, com o pano branco manchado de sangue, cruzava o umbral da porta. O anão empurrou-o e foram juntos para baixo. Ouvi o barulho da sineta repicando nos degraus, chamando em vão os cavaleiros perdidos.

Outros dois homens, também vestidos de branco e de sangue, abortaram qualquer plano de fuga possível. Golpearam-me sem interesse, com os olhos fixos em sua presa. Depois eu os vi arrancar a mulher da cama. O corpo, agora desnudo, era perfeito e frio; estimulava o desejo, ou talvez o espanto. Os nossos inimigos ficaram alguns segundos em silêncio, como se a visão os tivesse feito esquecer o que tinham vindo fazer. Até que um deles lembrou, e sua adaga abriu de um só corte a garganta. Mas foi como se o crime tivesse ocorrido em um sonho — não havia sangue no talho; apenas um desenho na página em branco do pescoço.

— É ela — disse um dos penitentes.

Levaram a mulher sobre os ombros. Ela ia com os braços abertos. Com o seu jeito de estátua, se despedia de tudo.

Quis segui-los, mas um vulto obscuro falou comigo, lá do fundo da escada.

— Não saia para a rua. Ela tem debaixo da língua um mecanismo secreto para que ninguém a possa roubar. Já foi acionado.

Não lhe dei atenção e saí atrás de uma carruagem puxada por cavalos invisíveis. Corri alguns metros, apenas para ouvir o ruído se tornar cada vez mais distante e, depois, o silêncio. Então, quando tudo parecia terminado, ouvi a explosão. Segundos depois, um cavalo em chamas veio galopando até mim. Consegui saltar de lado, e o cavalo continuou até desabar nas escadarias da catedral.

Segui o rastro da fumaça e dos gritos. A catástrofe havia deixado um sulco de tições acesos e peças de metal. No entanto um dos encapuzados vivia e pedia água. Os outros estavam despedaçados.

Voltei à Casa da Sineta. Na rua, as sobreviventes choravam pelas degoladas. Ao seu redor, ficaram as máscaras de cachorro, de coelho e de urso abandonadas pelos fugitivos. O anão, imóvel e fora de si, tocava sem parar a sineta fúnebre, convidando para a cerimônia final que nunca aconteceria. O ruído me perseguiu através das ruas e das horas que restavam daquela noite.

A EXECUÇÃO

Nos dias que antecederam a execução de Jean Calas, houve muito trabalho nos tribunais e eu ficava até a noite redigindo os documentos, enquanto meus companheiros calígrafos desertavam do ofício, da cidade ou da vida. À inquietude dos juízes correspondia uma agitação ainda maior nos níveis menores: secretários, meirinhos, calígrafos. O silêncio distraído de um juiz, uma palavra entrecortada ou um olhar duvidoso atravessavam escadarias, salas e escritórios, convertendo-se em um documento destruído, uma mancha de tinta que se estrelava sobre uma sentença ou um arquivo em chamas. Meu chefe, Tellier, me entregava trabalho após trabalho, e antes que secasse a tinta de um documento ele já era substituído por outro. Sempre fui um bom calígrafo, mas nunca veloz, porque a velocidade é exatamente o inverso do meu ofício. Sem dúvida, aqueles dias me exigiram pressa, e descuido.

Fiz constar no livro de atas a execução de Jean Calas: os membros quebrados com uma barra de ferro, o peito afundado, a morte na roda. Esperava-se que delatasse os seus cúmplices, e ele só pediu a Deus que perdoasse os seus juízes. À medida que Calas agonizava, e que as palavras se tornavam horríveis, minha caligrafia, sem deixar de lado o cuidado, tornava-se perfeita, como se eu quisesse me afastar do martírio refugiando-me na serena construção das letras. Há sempre um momento em que o calígrafo renuncia ao significado das palavras para ocupar-se apenas do seu disfarce, e reclama para si o direito de não saber nada, de não entender nada, de desenhar serenamente em uma incompreensível língua estrangeira.

A história havia terminado da pior forma possível. Eu já não tinha nada a fazer em Toulouse. Queria voltar a Ferney e pedir a Voltaire instruções sobre os meus próximos passos. A carta que me chegou era de uma obscuridade alarmante, e eu não sabia se atribuía sua desordem à velhice ou ao temor de que a interceptassem. Cheguei a compreender que meu senhor havia lido atentamente os meus informes e chegara à conclusão de que o caso Calas fazia parte de um acontecimento mais complexo, relacionado a uma série de milagres que haviam ocorrido em diversas regiões da França. Enviou-me algum dinheiro e a ordem de seguir para Paris.

Apresentei-me nos tribunais e reclamei o salário que me deviam. Informei Tellier, meu chefe, a respeito da minha próxima viagem. Pediu-me então um último trabalho para o tribunal. Eu precisava levar uma carta ao bispo de Paris. O mensageiro que deveria partir naquela noite se embebedara e continuava dormindo. A carruagem e os cavalos já estavam preparados, e eu me sentia como um ator que chega no meio da apresentação de uma obra desconhecida para obedecer com aplicação a ordens incompreensíveis. Só tive tempo de buscar minha bagagem.

A carruagem abandonou a rua da pensão e teve que parar diante de uma aglomeração que cercava o lugar onde fora apresentada a peça *Os assassinos Calas*. Pensei que assistiam a uma apresentação noturna; a escuridão acentuaria as sombras da história, e ao ouvir apenas as vozes o espanto seria maior. Mas nada se movia no cenário, e estranhei a atenção que dedicavam a um acontecimento que não se deixava ver nem ouvir. Alguém aproximou uma tocha do cenário e cheguei a distinguir o ator que representara Marco Antônio. Agora pendia de uma corda; a atuação era tão perfeita que ele tinha o rosto azul e sua língua inchava-se fora da boca.

Nas proximidades da multidão, ali onde os distraídos e os recém-chegados recebem notícias desconexas e vagas a respeito do que acontece no centro do palco, reconheci Kolm. Tive vontade de me aproximar para perguntar sobre o final do espetáculo, mas só consegui cumprimentá-lo com a mão; ele, por sua vez, levantou o seu bastão mecânico.

Apesar dos fatos terríveis que vivera em Toulouse, senti uma certa melancolia ao deixar a cidade. Mas tal sentimento logo desapareceu, como se os passos dos cavalos o pisoteassem e desfizessem. Eu tinha vinte anos, e quando se é tão jovem as cidades que ficam para trás se apagam ao mesmo tempo que se acendem as do futuro. Agora, em compensação, são nítidas apenas as cidades que deixei para trás, e apagada e em sombras, à medida que a exploro, a cidade onde vivo.

Segunda Parte

O Bispo

A MÃO DO ABADE

A casa estava na penumbra — meu tio se alarmava com gastos que não fossem absolutamente necessários, e nenhum era imprescindível. A criada carregava um candelabro, mas não tinha permissão para acendê-lo. Mantinha-o no alto, como se uma vela apagada fosse mesmo capaz de deitar alguma luz sobre corredores abarrotados de cadeiras e móveis que meu tio às vezes recebia como pagamento pelo transporte. Estátuas idênticas, plantadas em pontos distintos da casa, causavam no hóspede a impressão de vagar perdido em um itinerário circular. Chegamos ao pequeno quarto, localizado ao final de uma escada. Esperei a criada se adiantar para acender uma vela, embora temendo que a luz fosse ricocheteando de espelho em espelho até encontrar o marechal de Dalessius e despertá-lo.

Descobri à minha volta algumas coisas que haviam pertencido aos meus pais, mortos quando eu era um menino no naufrágio do *Retz*. Aquele barco ganhara um lugar na história da navegação por ter sido entre todos os navios o de vida mais breve; apenas quatro dias se passaram do seu lançamento até o naufrágio. Aqueles objetos, ligeiramente úmidos e em sua maioria gastos, também pareciam restos de um naufrágio. Eram a única prova, além de mim, da existência dos meus pais. Em um retrato de moldura carcomida, eles brilhavam sérios e distantes, como se soubessem que no porto e na névoa os aguardava o *Retz*.

No quarto só havia espaço para a minha cama. A desordem era tão absoluta que me parecia haver um propósito por detrás das coisas: meu tio esperava que eu me deparasse com aquele museu arruinado, derramasse algumas lágrimas fáceis e fugisse para sempre.

Pela manhã procurei o marechal, temendo encontrá-lo. A cozinheira me informou que ele havia saído bem cedo, quase de madrugada, como era habitual. Agora se limitava a me observar de um retrato gigantesco. Enquanto comia com fome feroz tudo o que a cozinheira punha sobre a mesa — que era muito pouco —, estudei a mensagem que tinha que entregar ao bispo. Estava tentado a abri-la, mas não me animei. Desta vez eram tantos os lacres que precisaria de vários dias para devolver à mensagem sua forma original.

Logo no início da sua enfermidade o bispo se retirara ao palácio de Arnim, transformado há vinte anos em abadia dos dominicanos. A decisão provocara a ira das outras ordens, que não queriam um bispo isolado da cidade pelos altos muros do palácio. Mas os dominicanos souberam negociar eficientemente com Roma e se converteram em zelosos guardiões de um bispo cada vez mais moribundo e mais santo.

O palácio de Arnim contava com um outro hóspede célebre: Silas Darel. Embora fossem poucos os que haviam visto Darel, e as autoridades da ordem não confirmassem nem desmentissem sua presença, era sabido que Silas Darel morava e trabalhava no palácio. As páginas escritas por sua pena eram raridades que tinham uma alta cotação no mercado dos manuscritos e seu preço freqüentemente superava os dos trabalhos da escola caligráfica de Veneza. Entre meus colegas circulavam diversos rumores sobre Darel: que já não era capaz de sustentar a pena, que trabalhava com uma tinta transparente, que só escrevia com sangue. Ninguém sabia nada a seu respeito, e os dominicanos o mantinham enclausurado como se estivesse preso em algum aposento secreto do palácio.

Apresentei minhas credenciais na porta e dei a entender que não era um simples mensageiro, mas sim um calígrafo judicial que devia entregar a mensagem em mão de alguma autoridade. Um monge me guiou por escadas e corredores até a biblioteca do palácio.

Já ouvira falar do abade Mazy por ele ter participado, há pouco tempo, de uma polêmica sobre a verdade histórica das vidas dos santos. Mazy sustentava que a única exigência para a autenticação de um martírio era a de que a sua lição fosse muito clara. Não tinha sentido buscar verdades históricas em tempos remotos se as evidências das provas não tivessem nenhum valor para os contemporâneos; a verdade dos fatos devia estar contida no próprio relato, isto era o que o autor da tese chamava de *a consistência moral da narrativa*. Seu adversário, um franciscano, sugerira rever o martirológio e deixar de lado todos os casos duvidosos. Mazy respondera que a fé deveria representar sempre um esforço; não era mérito algum acreditar naquilo que fosse apenas razoável.

O abade era pálido, e a sua pele tão branca que parecia brilhar na penumbra. Tinha cinqüenta anos e era ao mesmo tempo um menino e um velho. Ainda muito jovem, havia perdido a mão direita e ficava enfurecido sempre que alguém lhe perguntava pelas circunstâncias do acidente. Estava sentado na biblioteca diante de uma mesa na qual havia um cortador de penas longo e afiado e várias plumas e papéis. Fez um gesto autorizando que eu mesmo abrisse a mensagem. Usei o cortador de papel atabalhoadamente e feri o dedo indicador.

— Há aqui um pós-escrito. Eu sempre começo lendo os pós-escritos. As pessoas escrevem sempre o menos importante no corpo da carta; anotam o que é um pouco mais importante, cuidadosamente, no pós-escrito, e nunca escrevem o que é verdadeiramente essencial. Vejo que se menciona a sua habilidade como calígrafo. Você está trabalhando?

— Estive pensando em me apresentar aos tribunais.

— Não venda a sua pena por tão pouco. Nós temos aqui a nossa própria escola de caligrafia. Silas Darel é o nosso mestre, mas ele não fala com ninguém, já está há doze anos em voto de silêncio. Apenas escreve, trancado em um gabinete. Já ouviu falar dele? Inventou a nossa própria letra.

Na escola de Vidors haviam me ensinado a cursiva dominicana, muito dura para o meu gosto. Distinguia-se pela aversão às curvas e a aplicação de uma tensão constante contra o papel para que fossem alcançados efeitos de profundidade: a caligrafia era concebida não como um fluir ao longo da página, mas sim como uma laceração. Os tratados caligráficos destacavam a influência do primeiro ofício de Darel: gravador de inscrições fúnebres.

A lenda dizia que quando se dedicava a esse trabalho Darel assistiu à agonia de um mestre calígrafo — seu nome se perdera — que o havia encarregado de fazer a sua própria lápide. Ao perceber a habilidade de Darel, o calígrafo iniciou-o nos arcanos caligráficos, cujas origens podem ser rastreadas até os escribas egípcios. Através dos séculos, o saber havia sido transmitido de mestre a discípulo, mas sempre na proximidade da morte. As autoridades da escola de Vidors riam desta lenda, adotada pelos alunos mais avançados para impressionar os novatos.

— De vez em quando levamos nossos seminaristas para observá-lo — disse Mazy. — Depois de contemplá-lo durante algumas horas, alguns fogem apavorados e abandonam por completo o ofício. Outros descobrem o seu destino.

— Se os senhores têm calígrafos, em que pode lhes ser útil alguém como eu?

— Não nos faltam calígrafos, é certo, mas eles são homens de Deus. E eu preciso de alguém capaz de fazer um trabalho ímpio.

Abriu um tinteiro Rillon, cuja forma lembrava um caracol marinho. Pegou uma pluma larga, mais vistosa do que confortável para trabalhar, e afundou-a na tinta preta.

— Em que lugar Darel trabalha? — perguntei.

— No fundo da sala de caligrafia, descendo umas escadas, há um gabinete. O palácio inteiro poderia ser seu, mas ele quase nunca sai dali.

— Posso vê-lo trabalhar?

— Quando chegar a hora. Todo calígrafo tem que enfrentar Darel e saber se escolheu bem ou mal.

O abade Mazy me estendeu a pluma e em seguida abriu a mão.

— Escreva seu nome.

Demorei em entender a natureza da ordem. Peguei sua mão, mais branca do que papel, e temerosa e lentamente escrevi *Dalessius*. Por estar em lugar tão estranho, parecia o nome de outro. Como a pele não absorvia nada da tinta e a pena estava muito carregada, alguns fios abandonaram as letras e invadiram as linhas da mão. Enquanto o meu nome se expandia em um desenho semelhante aos que aparecem nos tratados dos adivinhos, senti um tremor na mão do abade, como se o contato com a pena lhe transmitisse dor, prazer ou frio. Fechou o punho com força e disse:

— Agora o tenho em minha mão.

Um amigo de V.

O abade me disse que eu passara na prova, mas não me explicou a natureza do meu futuro trabalho.

— Venha me ver dentro de uma semana. Terei uma carta de recomendação para que comece a trabalhar na Casa Siccard.

Nos dias seguintes, a estadia na casa do meu tio se converteu em martírio. Era impossível vê-lo. Estava sempre trabalhando, mas sua presença se manifestava através de instruções que tinham como meta principal o meu transtorno. A cada noite em que chegava ao meu quarto, havia novos objetos estorvando o caminho e sitiando a cama contra a parede. Um dia, alguns brinquedos que há muito considerava perdidos desabaram sobre mim e a cabeça de um cavalo de madeira me feriu a fronte.

Uma noite encontrei sobre a cama uma mensagem assinada por *um amigo de V.*, que me convocava ao bairro dos Cordeliers. Não sabia como havia chegado a mim, e à medida que caminhava até a pensão d'Espagne crescia a minha desconfiança. A porta estava aberta, mas a casa parecia vazia; entrei, temendo ser confundido com um ladrão, até encontrar, em um dos quartos, um homem que tapava o nariz com uma manta. Ele havia reconhecido, em minha inquietação, o seu convidado e me fazia sinais com a mão para que entrasse no quarto.

Sentei-me a uma distância prudente. Era possível que o homem ocultasse o rosto por causa de uma enfermidade. Sem descobrir a cara, o homem disse o seu nome: Beccaria. Pronunciou-o com firmeza, como se aquela palavra bastasse para apagar todo o temor. Havia visto algum retrato de Beccaria, mas desconfiava dos pintores, embora fossem tão generosos na distribuição de equilíbrio e beleza. Além disso, como o homem que estava diante de mim continuava cobrindo o rosto, temi que fosse um impostor. Voltaire havia dedicado a um livro de Beccaria, *Dos delitos e das penas*, um opúsculo laudatório que ninguém acreditou que fosse seu. A maldição dos nomes havia perseguido Voltaire: se assinava alguma coisa, duvidava-se de sua autoria, enquanto qualquer livro sem assinatura era imediatamente atribuído a ele.

— Amigos comuns me pediram que entrasse em contato com o senhor. No castelo, esperam por notícias suas.

— E eu espero por dinheiro. Há algo para mim?

— Não me ocupo dessas coisas. Simplesmente me ofereço para levar suas palavras até a fronteira.

— Como posso confiar no senhor? Sua fama chegou até os cantos mais afastados da Europa, e aqui o encontro, em uma pensão para os empregados mais miseráveis da justiça.

— Há espiões em toda parte. Meus inimigos contratam inimigos que contratam inimigos.

— Quem são seus inimigos? Usam sotaina?

— Quem dera fosse assim. Meus inimigos são os que antes eram meus amigos. Por isso me conhecem e conseguem adivinhar meus passos. Para me esconder, tenho que virar outra pessoa. Faço então todas as coisas que detesto; e assim, sendo outro, posso estar seguro.

O péssimo francês e a manta que o escondia tornavam difícil entendê-lo, mas ao cabo de alguns minutos entendi que estava me contando sua vida. Beccaria nunca se interessara antes pelos temas jurídicos que tornaram seu nome famoso, até que, mais por amizade do que por um interesse real, participou da revista *Il Caffé*, que reunia um grupo de intelectuais de Milão.

— Meu passatempo eram as matemáticas, mas como todos à minha volta escreviam, eu também quis escrever. Nunca consegui sustentar a pluma por muito tempo. Acabava sentindo sono; já os meus amigos, principalmente os irmãos Verri, trabalhavam sem descanso. Eu queria sair para procurar mulheres, passear pela cidade, como sempre havíamos feito, mas eles levavam a revista tão a sério que me obrigavam a ficar calado. Minha presença indolente os aborrecia, e Alessandro Verri acabou me ameaçando: se não começasse a trabalhar, me expulsariam. Pedi-lhe um tema; ele sugeriu a justiça. Lembrei os nossos velhos passeios, nos quais discutíamos até a madrugada *O espírito das leis*. Decidi procurar em meus escritos o tom daquelas conversas sem rumo. Desde que comecei a escrever, sempre carreguei comigo como amuleto uma lista dos executados em Milão, e toda tarde, antes de molhar a pena, recitava: Massimo Cardacci, enforcado; Renzo Zarco, esquartejado; Vittorio

Lapaglia, decapitado e os restos jogados no rio; e aquele outro também enforcado e aquele outro morto na roda e imediatamente queimado na praça. Meus amigos riam quando eu lia a minha lista de executados como se se tratasse de um feitiço que haveria de garantir-me o poder sobre as palavras; mas, como dava resultado, me estimulavam.

Beccaria pulou da cama e começou a se vestir. Parecia um esboço de seu próprio retrato. A roupa lhe sobrava, como se houvesse perdido peso de uma maneira repentina. Movia-se com gestos de sonâmbulo.

— Armei o livro aos poucos, como uma mulher que faz um vestido de remendos. Meus amigos me ajudaram a corrigi-lo e com benevolência o encaminharam à impressora. Como os amigos nos ajudam mesmo sem confiar na nossa capacidade! Mas quando sabem o quanto valemos ficam contra. Não há nada pior que a inveja literária; desde então os Verri me difamam e perseguem. Nem o ataque do Conselho dos Dez de Veneza foi tão feroz quanto o dos meus velhos amigos! Eles têm me acusado de ser um impostor, têm criticado o meu apetite e a minha vulgaridade, e até se aproveitaram de um certo susto que uma aranha me deu para me chamarem de covarde.

Abriu o baú e fez uma inútil tentativa de organizar roupas e livros; a roupa estava suja e amassada, e os livros, sem capa e com páginas soltas.

— Escreva alguma coisa e eu entregarei a mensagem — disse com voz mais serena.

Enquanto Beccaria se vestia, tirei da bolsa que carregava no pescoço uma pluma e um vidro de tinta e me dispus a escrever usando o baú como mesa. Comecei anotando os acontecimentos mais recentes e defini rapidamente os próximos passos da minha investigação; mas, por medo que o mensageiro fosse um espião, não mencionei os fatos diretamente, mas sim através de subentendidos e subterfúgios.

Beccaria olhava pela janela, cruzava a casa aos pulos, para ouvir passos na escada. Encontrava em tudo motivos para se alarmar. Conseguiu me contagiar com o seu próprio medo. E tornou minha prosa ainda mais obscura.

— Não sabe como tenho sonhado em ir a Ferney. Chegar lá será como cruzar uma fronteira entre o passado e minha vida futura. Que presente poderia levar a Voltaire? Pensei num relógio.

— Qualquer coisa, menos relógios. Abra bem os ouvidos, vá ao teatro, pare para ouvir o que dizem à sua volta, e depois diga tudo isso a ele, com a precisão que for possível. Foi presenteado com tudo, mas só se interessa pelas coisas que são feitas de palavras.

A carta nunca chegou às mãos de Voltaire. No último momento, Beccaria mudou o seu rumo e foi para Milão. A culpada foi uma mulher doente que ele encontrou na rua. Ficou tão comovido que imaginou a sua própria esposa doente, na miséria, e voltou assim que pôde à sua cidade. A senhora Beccaria estava tão saudável como sempre, mas seu marido se recusou desde então a fazer qualquer viagem. Afastado da fama, dedicou-se a dar aulas até o fim da vida. Quando cruzava na rua com os irmãos Verri, olhavam-se sem dizer nada. Aos que lhes pagavam um trago, os Verri repetiam: Quer um conselho? Nunca tire ninguém de seu tédio ou de sua abulia.

    Minha carta ficou esquecida na mala. Beccaria descobriu-a anos depois e, cheio de culpa, enviou-a a Ferney. Chegou às minhas mãos quando Voltaire já havia morrido e eu me ocupava em organizar os seus arquivos. Ela havia sido escrita com algumas das minhas tintas experimentais, e nos dezessete anos que se passaram não havia palavra que não tivesse se esmaecido. Permaneciam alguns poucos traços, os mais profundos, que se assemelhavam a pegadas de pássaros na areia.

A Casa Siccard

Os Siccard eram uma família de fabricantes de papel; com os anos, haviam expandido os seus negócios para as plumas e tintas. Tinham a sua própria criação de gansos, uma raça belga de plumas azuis e cinza, que endureciam com pó de vidro aquecido em forno de ferro. O fundador do negócio familiar, Jean Siccard, morrera anos atrás, e o negócio, malconduzido por seu filho, estivera a ponto de fechar. Nos últimos meses, o jovem Siccard voltara a encontrar o rumo; agora a loja oferecia — bastava o cliente cruzar a porta — plumas ordenadas em móveis classificadores, pranchas de papel marmoreado, cadernos contábeis, folhas com pentagramas traçados a mão e lâminas chinesas para o uso de cartógrafos.

Quando cheguei à casa, um empregado preparava uma partida de pranchas de papel para os Tribunais. Mostrei-lhe a carta que o abade Mazy havia feito chegar a mim; olhou-me assustado, possivelmente porque havia outras pessoas presentes, e indicou que eu fosse até o fundo do lugar; estava mais preocupado em me esconder do que em me indicar o caminho. Eu não sabia o que a carta dizia, e a qual artifício o abade recorrera para que me aceitassem na Casa Siccard. Segui pelo corredor, passei por um empregado que afundava as mãos em polpa de papel e encontrei, atrás de um biombo decorado com caracteres árabes, uma escada.

Veio ao meu encontro um homem jovem que vestia uma camisa manchada de tinta na qual se reconheciam perfeitamente algumas letras invertidas, como se a tivesse usado como mata-borrão. Leu a carta apressadamente.

— Sou Aristide Siccard, filho de Jean Siccard, e responsável pelos novos rumos dos negócios da família. Você não poderia ter chegado em melhor momento. Um dos nossos calígrafos está doente e há um outro que demora uma eternidade. A nossa mensageira não pode esperar muito mais.

Conduziu-me a um pequeno escritório. Em um divã, descansava uma mulher coberta apenas por uma manta. Acordou, me olhou, e perguntou se eu me aborreceria se ela dormisse enquanto eu trabalhava; assegurou que era capaz de dormir em pé. Tinha a beleza distraída de quem nunca olhara profundamente um espelho. Como deixara cair a manta, não consegui dizer nada. Nunca vira uma mulher nua, e minha única experiência vinha de um certo livro de gravuras chamado *A grinalda de Afrodite*, que passava de mão em mão pelos dormitórios da escola de Vidors.

Siccard me trouxe as tintas com as quais trabalhavam (mais densas que as tintas comuns, para que não resvalassem sobre a pele). Aristide começou a ler o texto da mensagem, enquanto eu me concentrava para evitar que minha mão tremesse. A vida de um calígrafo está destinada à rotina; quando algo excepcional acontece, então sua mão treme e a habilidade desaparece. Por isso a História, que acolhe nomes de artistas de toda classe, esquece com facilidade os calígrafos. Nossa arte não é outra coisa além de uma longa e trabalhosa espera por aquilo que nos anula e nos perde.

Comecei, seguindo instruções de Aristide Siccard, pelo alto das costas. A mulher se chamava Mathilde, e o seu nome foi a primeira coisa que procurei esquecer. Amarrara os cabelos, negros como uma mancha de tinta, mas a toda hora eles se derramavam sobre as suas costas, ameaçando sempre borrar as letras. Eu procurava pensar, e tentei me concentrar na mensagem, mas a rigidez daquelas palavras — conselhos administrativos, informações sobre investimentos em letras holandesas —, em contraste com a cerimônia da escrita, pareciam dotar os termos técnicos de significados obscenos. Tentei que a luz que banhava o corpo apagasse qualquer pensamento. Olhei para Mathilde como se fosse um objeto, apenas uma superfície, e tive êxito enquanto traçava um *t*, mas as curvas de um *R* maiúsculo me devolveram ao tremor.

Não estava disposto a me render, e tentei, lembrando dos tratados anatômicos que me impressionaram em meus tempos de estudante. Queria pressentir, sob a aparente beleza, a repulsiva organização dos tecidos musculares e dos ossos. Mas a beleza triunfava sobre a estratégia.

Notei na voz de Aristide uma certa preocupação com

aqueles traços quase ilegíveis; fiz uma última tentativa imaginando que a minha mão era a de Silas Darel, que não conhecia a distração. Este pensamento me permitiu cobrir com letras partes do corpo que jamais eu vira de mulher nenhuma. Não sentia que a minha mão traçasse a mensagem, e sim que as palavras empurravam a minha mão com paciência através de cada letra. Durante todo o trabalho minha caligrafia me pareceu alheia, mas na assinatura, que falsificava um nome desconhecido, havia finalmente um vigor e uma cautela que reconheci como meus.

Talvez minha memória magnifique desnecessariamente minha torpeza, porque antes de me expulsar do escritório para se vestir em paz Mathilde olhou com aprovação a própria imagem refletida num espelho alto e disse:

— Não me sinto verdadeiramente nua até não estar escrita.

Terminado o trabalho, meus nervos estavam em tão péssimo estado que caminhei e caminhei sem rumo, até me perder pelos arredores da cidade. Já estava disposto a voltar quando vi uma fumaça que se levantava em espirais negras de algum lugar próximo. Pensei que se tratava de um incêndio, mas era uma queima judicial: livros e papéis ardiam enquanto uma multidão olhava a fumaça com atenção, como se aquelas pessoas fossem capazes de ler naquelas volutas e linhas algo que me escapava. Na parede, um edital da justiça discriminava a lista de obras que estavam sendo queimadas: entre elas, um libelo atribuído a Voltaire, no qual se burlava uma bula recente. Nada dizia sobre o carrasco que havia aproximado o fogo dos livros, mas o desenho de uma mão mecânica encerrava o documento.

As pegadas de Von Knepper

Era difícil encontrar os relojoeiros de Paris. Eles não ficavam numa determinada rua: percorriam a cidade como se fosse o quadrante de um relógio enorme do qual eram ponteiros obedientes. Ao seu redor se reunia uma fauna marcada pelo tempo: vendedores de almanaques, adivinhos que conheciam o futuro e astrônomos preocupados em agregar aos calendários o fruto de suas observações celestes.

Perguntei aos relojoeiros por Von Knepper, cujo nome aparecera na carta enviada ao bispo. Ninguém o conhecia, mas o ignoravam de um modo tão absoluto que a mera possibilidade de que existisse parecia deixá-los cheios de apreensão. Perguntei de um a um, recebi negativas e silêncios, até que um relojoeiro apontou, com ar clandestino, uma mulher que espalhava alguns livros abertos sobre um banco de pedras.

— A senhora Buzot conhece a história de todas as máquinas. Talvez ela possa guiá-lo.

Olhei a mulher, que cobria os ombros com um manto preto que só deixava a descoberto suas mãos e sua cara, marcadas por velhas cicatrizes. Perguntei ao relojoeiro pelas marcas — a precisão delas revelava um método, e não só o azar e a desgraça.

— A senhora Buzot foi a única mulher relojoeira da Europa. Coube a ela substituir em seu cargo o velho Van Hals, responsável oficial por todas as torres de Estrasburgo. Van Hals preparou o mecanismo para que no dia 31 de dezembro de 1750 o ponteiro das horas ficasse parado no doze. Quando a senhora Buzot foi consertá-lo, Van Hals, até então escondido, atirou-a no interior da máquina. Durante o tempo em que ela esteve presa nas engrenagens, todos os relógios de Estrasburgo pararam. E só quando foi resgatada, o tempo voltou a correr.

Aproximei-me da mulher. As páginas dos livros mostravam diagramas minuciosos de rodas dentadas, molas e pequenas balanças. Era difícil desviar a vista de suas cicatrizes. Cumprimentei-a, fiz alguns comentários sobre os livros e finalmente mencionei Von Knepper.

— Nenhum livro fala dele — disse a senhora Buzot.

— Não é um livro o que procuro. Quero encontrar Von Knepper.

— Se soubesse do que está falando, não o faria em voz alta. Os fabricantes de autômatos caíram em desgraça; corre o rumor de que nunca existiram.

A mulher começou a me falar ao ouvido. Sua experiência com os relógios dera às suas palavras um ritmo uniforme, como se a cada sílaba correspondesse exatamente uma fração do tempo.

— Von Knepper foi um dos discípulos de Jacobo Fabres. Trabalhou com ele até a sua morte. Fabres ensinou-o a construir gansos e flautistas, mas ele queria construir um escrevente, a peça mais difícil para os fabricantes de autômatos. Ninguém sabe se conseguiu.

— Onde posso encontrá-lo?

— Me disseram que há, em uma rua obscura da cidade, um artesão capaz de consertar aqueles relógios que têm figuras e de devolver a cada boneco o movimento original exato. Se você comprar algum dos meus objetos, talvez eu lhe diga o nome da tal rua.

Perguntei pelo preço das coisas; eram todos muito altos, em especial porque não me interessava nada que tivesse a ver com aquele assunto. Mas finalmente a senhora Buzot tirou de uma bolsa de pano um pequeno livro que trazia um relógio na capa e me pediu por ele um preço bastante razoável.

Quando paguei, a relojoeira aproximou-se do meu ouvido e pronunciou o nome da rua. Enquanto a ouvia, virara as folhas do livrinho: em cada página havia o desenho de um mesmo relógio, de tal maneira que ao passar as folhas com velocidade tinha-se a impressão de que os ponteiros se moviam.

Não havia ninguém perto de mim; os relojoeiros haviam abandonado o lugar como se tivessem percebido no tangido de sinos distantes um aviso de urgência.

Com o pequeno livro no bolso e o nome da rua em minha memória, fui, como acontecia em todas as tardes ímpares, para a Casa Siccard. Como estava desenvolvendo as minhas habilidades, procurava prolongar o instante em que a minha volátil condição de espião me obrigaria a abandonar o trabalho. O pulso já não tremia e aprendera a modificar ligeiramente a minha cursiva, para adaptá-la à instabilidade da pele. As mensageiras, que eram quatro, gostavam de conversar enquanto aguardavam o término da mensagem. Também gostavam de falar das viagens que faziam, já que às vezes eram enviadas para longe da cidade e ficavam semanas sem aparecer. No princípio, eu respondia apenas com monossílabos, enquanto tentava esquecer que aquilo que estava sob a minha pena era uma mulher. Mas depois deixei-as intrigadas, entretive e, finalmente, aborreci com os meus conhecimentos a respeito da história da caligrafia. Às vezes creio que ali fiz os meus melhores trabalhos; aquelas letras que se perdiam no contato com os lençóis, a água e o sabão, ou uma chuva repentina.

Apenas Mathilde, a primeira mensageira que me coubera, continuava ameaçando minha caligrafia. Eu invejava aqueles cavaleiros aos quais era destinada; eles a viam se despir e começavam imediatamente a ler, junto ao fogo, muito tarde, a mensagem; eu passava muito mais tempo com ela do que aqueles senhores, mas o fato de não ser o destinatário a afastava de mim.

Dussel, um calígrafo de Leipzig, estava mais obcecado do que eu por Mathilde. Fugira de sua cidade, onde era procurado pela destruição de uma máquina impressora. Dussel pertencera à seita dos Martelos de Deus, que atacava as prensas por acreditar que elas impediriam para sempre o encontro do homem com a linguagem natural, anterior a Babel. Viam na letra impressa a verdadeira torre de Babel e estabeleciam, a partir de cálculos incompreensíveis para quem não fosse eles mesmos, uma série de semelhanças entre os tipos de chumbo e os elementos que a Bíblia dizia que eram os materiais da torre.

A nudez de Mathilde transtornava Dussel mais do que a mim; ele pretendia ser um homem puro e a mim a pureza mantinha descuidado. Mathilde entretinha-se com esse poder e, através da sua conversa, tentava afastá-lo da uniformidade de suas letras. Mas apesar de escrever todo contraído (o que às vezes o deixava inconsciente logo após um trabalho) nunca cometeu um erro.

Dussel evitava fazer as inscrições nas zonas mais secretas da mulher e por isso concentrava as letras de maneira a terminar antes que o trabalho alcançasse um grau intolerável de indecência. Mathilde executava movimentos delicados para obrigá-lo a ocupar mais espaço, mas o calígrafo ajeitava as letras de modo a não profanar os limites que ele mesmo se havia estabelecido. Do escritório contíguo, eu ouvia o desafio de Mathilde, que queria comprometê-lo com uma tarefa maior: transcrever em seu corpo o Novo Testamento, o único livro que havia nos escritórios, deixado ali pelo jovem Siccard para que as mensageiras tivessem algo de edificante para ler enquanto cumpriam as suas tarefas.

Aristide Siccard confiava nele e pagava-lhe o dobro do que a mim, mesmo sem que ele fosse melhor do que eu. Acreditava que a pobreza era sensatez, a obsessão, responsabilidade, e a amargura, virtude.

O SILÊNCIO DO BISPO

Eu havia trabalhado o suficiente para apresentar-me diante do abade Mazy e entregar um pouco de informação falsa por algum dinheiro verdadeiro. Nenhuma das mensagens que transcrevera mencionava o bispo; mas, enquanto caminhava até o abade, inventava palavras que senhores distantes haviam intercambiado usando o anonimato, as mulheres e a noite. Cruzei salões, desci aos porões, subi à torre úmida, obedecendo sempre com paciência às instruções de monges que haviam visto o abade cruzar salões, descer aos porões ou subir à torre úmida — sempre há pouco. Após uma busca de horas, cheguei, cansado, a uma galeria. Mazy caminhava em minha direção, arrastando a sotaina branca.

O abade me olhou como se nunca tivesse me visto antes. Imaginei que havia espiões por toda parte, e que devia ser um trabalho árduo memorizar tantos rostos e tantos nomes. Informei ao abade que se falava do seqüestro do bispo, e também de sua morte, e que tais rumores circulavam com insistência.

— Mencionam provas ou testemunhas?
— Nenhuma, senhor.

— As fantasias e os rumores são um pecado que a Igreja ainda não condenou com força suficiente — disse o abade. — Venha comigo e eu lhe mostrarei que o bispo está vivo.

Avançamos pela galeria: pelas janelas abertas chegavam folhas das árvores e a chuva. Lá embaixo se via um jardim geométrico, no qual plantas e arbustos cercavam profundos tanques de pedra negra. Perguntei ao abade se criavam peixes.

— Aí vivem algumas criaturas do mar que nos servem para a fabricação de uma tinta que vendemos ao estrangeiro. Darel tem nos guiado neste empreendimento. A nossa botânica também é inspirada na caligrafia. Não deixamos que nenhum estranho passeie pelo jardim, porque as espécies que cultivamos são repletas de espinhos e venenos. Tudo o que nos serve para escrever também serve para matar.

Chegamos a uma porta talhada. Era protegida por um homem gigantesco, de cujo uniforme verde pendiam centenas de chaves. Ao nos ver, inclinou a cabeça em sinal de respeito ao abade e afastou-se para um lado. Bastou o movimento para que as chaves ressoassem entre si, como um carrilhão chamando para a missa.

— Signac tem todas as chaves do palácio. Temos tentado convencê-lo de que as deixe, mas sempre as leva com ele. Não confio em ninguém mais do que no bom Signac. Ele sempre está onde é necessário, para abrir uma porta ou fechá-la para sempre.

O guardião tirou de suas roupas uma chave presa a uma tira vermelha e fez girar a fechadura.

— O bispo esteve muito doente — explicou o abade.
— Quando acreditávamos que morreria, teve uma revelação: se cumprisse um voto de silêncio, se salvaria. No momento em que a Igreja precisava mais da sua voz, teve que renunciar a ela. Desde então responde a tudo por escrito.
— E até quando deve durar este silêncio?
— Até o silêncio final.

O abade abriu a porta. O salão era de mármore branco. Parei no umbral, sem me animar a aproximar-me do homem que, atrás da escrivaninha, inclinado sobre o papel, sustentava a pena com esforço, como se o seu peso fosse intolerável. Não podia ver o seu rosto. O mármore o cercava como uma antecipação da tumba. O frio e o branco eram tais que, mesmo na penumbra, o aposento parecia uma gruta escavada no gelo.

O abade correu as cortinas cinza. A luz abriu caminho entre nuvens e vitrais e iluminou o papel. O bispo molhou a pena no tinteiro e escreveu algumas letras desprovidas de qualquer enfeite. Executou a manobra lentamente, como se o seu movimento fosse feito de uma sucessão de imobilidades.

Todos ficamos quietos por alguns segundos, exceto a mão lenta do bispo.

O abade me perguntou se o bispo estava vivo. Compreendi então que aquilo era uma espécie de prova, e que Mazy precisava que outros olhos vissem o que ele via. O bispo parecia um cadáver vivente, mas era certo que se movia, e ainda era mais certo que uma resposta negativa não seria bem recebida por Mazy. Respondi que sim, sem saber se mentia ou dizia a verdade:

— O bispo vive.

Inclinava-se tanto sobre o papel que não se via o seu rosto. Ver alguém escrever é sempre um mistério, porque quem escreve fala de coisas que não estão. O abade me disse para sair e fechou as cortinas como quem fecha um cenário. Indiferente à penumbra, e à representação que terminava, o bispo continuou o seu trabalho.

O BASTÃO DE KOLM

Ao sair do Palácio de Arnim, fui aos Tribunais perguntar por Kolm. Não davam informação alguma sobre carrascos, temendo que alguém pretendesse vingança. Insisti, e me permitiram deixar uma mensagem em uma canastra. O papel que usei para escrever, e no qual propunha que nos encontrássemos no dia seguinte, se misturou a outras mensagens que jaziam no fundo, com o aspecto de terem sido deixadas ali há muito e muito tempo, à espera de um destinatário que nunca havia chegado. Deixaram cair do alto um cabo com um gancho que imediatamente controlou a canastra. As mensagens começaram a subir até perder-se em uma das últimas janelas.

Esperei Kolm no dia seguinte, diante do Tribunal. Senti as mãos no pescoço, como acontecera na primeira vez, e meus pés voltaram a abandonar a terra. Enquanto procurava o ar e me refazia da sua brincadeira, Kolm me contou que um dos companheiros do enforcado haviam se empenhado em acusá-lo. A justiça tinha coisas mais importantes a fazer do que se preocupar com um ator enforcado por se exceder em seu papel, mas, por precaução, ele resolvera deixar a cidade.

No entanto carregava no cinto o bastão com o punho de ferro. Perguntei-lhe se continuava falhando.
— Destruo tudo o que toco.
— Sei de um lugar onde podem consertá-lo.
— Já me acostumei a que funcione assim.

Insisti; eu não queria procurar Von Knepper sozinho. Demos a volta a uma igreja e caminhamos por um beco deserto até encontrar uma porta pintada de verde. No umbral estava escrito o nome do proprietário: Laghi. Atrás de uma janela se via um relógio de mesa; sobre uma caixa de madeira, um Vulcano se preparava para descer o seu martelo sobre uma bigorna. Acionei a sineta sem que ninguém abrisse. Kolm, impaciente, fez a porta tremer.

Uma criada abriu e disse que era tarde e que devíamos voltar no dia seguinte. Kolm mostrou à mulher a mão de metal como se ela fosse o símbolo de uma autoridade superior. Naquela casa, os artefatos mecânicos tinham um poder singular, e a servente nos deixou entrar, como se tivéssemos mostrado uma ordem assinada pelo rei. Entramos em uma sala gelada, na qual só havia uma cadeira. Kolm se sentou com aspecto abatido e me deixou em pé, andando nervosamente pelo aposento. Como demorassem a atender, invadi o quarto mais próximo.

Descobri um móvel encostado na parede que era provido de dezenas de gavetões largos, semelhante aos móveis classificadores da Casa Siccard. Abri com alguma dificuldade o primeiro dos gavetões e encontrei uma grande variedade de mecanismos e engrenagens. A maioria era de metal, mas algumas peças eram talhadas em vidro. Seguramente umas peças se encaixariam em outras, como partes de uma oração. Por mais que olhasse e pesasse em minhas mãos aquelas formas, não podia adivinhar a gramática que presidia às combinações. Mas, assim como aos arqueólogos às vezes basta uma palavra conhecida para decifrar a totalidade de uma língua perdida, eu encontrei no terceiro gavetão um elemento que me permitiu saber o que significava tudo aquilo. Sessenta e cinco compartimentos vazios cercavam um olho de cristal.

Ouvi passos e um ruído no quarto ao lado. Pensei que era o senhor Laghi, o dono da casa, que se aproximava para atender-nos, mas eram dois homens que chegavam de fora. Espiei-os pela porta entreaberta. Tinha boas razões para não aparecer; conhecia um dos dois: era o homem das chaves do palácio de Arnim. A criada olhava com terror o peito e os braços de Signac. As chaves batiam umas nas outras, deixando que se ouvisse o som de uma autoridade que provinha de pesadas portas de carvalho e de grades enferrujadas.

— O senhor Laghi virá em seguida. Podem esperá-lo na carruagem — disse a jovem com um tremor na voz.

Quando os homens se foram, saí do meu esconderijo. A presença do homem das chaves havia me deixado trêmulo. Kolm, por sua vez, alheio a tudo, cochilava.

— Deixemos o bastão. Depois a gente volta para buscá-lo — disse eu, com pressa de sair da casa.

Arrancado de seu sono, Kolm ainda me olhou por um segundo, sem compreender. Não conseguimos sair imediatamente, porque o carrasco viu que o dono da casa caminhava em nossa direção.

Vestia roupas completamente pretas, como se estivesse indo a um funeral, e carregava um pequeno baú. O carrasco tratou de cruzar o seu caminho, mostrando-lhe o bastão. Laghi limitou-se a olhar. Kolm estava acostumado a se impor aos outros e ficou desconcertado ao perceber o desdém de Laghi, dominado por uma pressa que o levava a viver já no futuro.

— O que o senhor quer? — perguntou o dono da casa.

— Está com eles? — Apontou a porta fechada e, através dela, os homens do abade que o esperavam.

— Preciso que conserte este bastão.

O artesão pegou, com desdém, o artefato. Experimentou o mecanismo duas ou três vezes e devolveu-o às mãos do verdugo.

— Leve-o a um relojoeiro. Eu me ocupo de tarefas mais delicadas.

— Quero que você faça o trabalho.

Laghi teve um impulso de afastar o carrasco e pedir aos homens de fora que viessem em sua ajuda, mas não se decidiu. Não por covardia, mas para não agregar inconvenientes à noite que o esperava. Arrancou a mão mecânica de Kolm e levou-a com ele. Ao se ver privado repentinamente do bastão, o carrasco tremeu levemente, como se lhe tivessem arrancado sua mão verdadeira.

CLARISSA

A casa já me parecia um mecanismo pelo qual diferentes pessoas entravam ou saíam obedecendo às determinações de um desenho oculto. Estava com pressa de escapar da maquinaria quando vi, no fundo do corredor, uma jovem que se olhava num espelho. Era uma reprodução exata da mulher de Toulouse.

Não ouvi os gritos da servente e me aproximei do fantasma. A jovem me olhava com grandes olhos imóveis. Sem saber que tipo de pecado cometia, beijei os lábios gelados do robô. Seus dentes cortaram a minha boca e senti um gosto de metal e de sangue. Ao ouvir meu grito, Kolm apareceu com o bastão erguido; baixou-o assim que viu que se tratava apenas de uma menina.

— Não há perigo. Não é real — disse.

Então, o sangue preencheu as bochechas da mulher e afastou seu caráter irreal e sua brancura.

— Você está convencido de que não sou uma mulher?

Aproximou a sua boca da minha e eu fechei os olhos, à espera de uma nova dentada, sem vontade de me defender. Limitou-se a apoiar os seus lábios nos meus. Se era uma criatura de Von Knepper, então Von Knepper era um deus.

— É a segunda vez que nos vemos — disse eu. — Mas na primeira você não estava aqui.

Ela me fez um sinal de silêncio e me levou pela mão a uma sala onde se amontoavam brinquedos mecânicos desarmados. Alguns eram extraordinariamente pequenos: bonecas holandesas com a cabeça e o peito atravessados por molas, um melro em uma jaula de ouro, um soldado sem um braço. Havia também um cavalo de madeira que funcionava a vapor, um palácio ao redor do qual giravam o sol e a lua e uma Medusa de bronze que abria os olhos e agitava serpentes.

— Você é a filha de Von Knepper?

— Não deve pronunciar o seu nome. Chame-o de Laghi, é assim que o conhecem em Paris.

Perguntei-lhe pela jovem de Toulouse.

— Era mais bonita do que eu? Meu pai fabricou-a quando eu era pequena: era uma imagem futura de mim mesma. Passou de mão em mão; seus donos asseguravam que nunca se separariam dela, mas não tardaram em vendê-la, como se carregasse uma maldição. Já faz três anos que meu pai perdeu a sua pista. É feita à minha imagem e semelhança, mas eu vou me desgastando imperceptivelmente e acabarei envelhecendo. Mas ela será sempre igual.

— Se eram rivais, então você venceu. Não resta nada desta criatura. Tinha sob a língua um mecanismo secreto que a fez explodir.

— Que tipo de lágrimas há que se chorar pelos autômatos mortos? Quando o meu pai souber, vai chorar de verdade. Sempre gostou mais dela. Achava que era mais humana.

— Eu jamais confundiria um autômato gelado com uma mulher.
— Não? Nem mesmo agora você sabe quem sou.

Aproximou a mão da minha cara, como se fosse ela que tivesse dúvidas sobre a minha natureza.

— Que ninguém saiba que você a viu. Não há, nunca haverá autômatos na França.
— Quero falar sobre isso com o seu pai.
— Não vai recebê-lo. Meu pai corre um grande perigo. Não me deixa sair daqui. Sou sua prisioneira.
— Então, vim libertá-la.

Se me dissesse que sim, o que eu faria com ela? Se aceitasse tudo, para onde a levaria? Tive sorte: fracassei.

— O mundo lá fora também é uma prisão. Aqui dentro pelo menos não chove nem faz frio.

Olhei os bonecos e os mecanismos que nos cercavam: tudo estava quebrado, nada funcionava, e o mesmo defeito se instalava em nós, que, repentinamente, não sabíamos nem o que dizer nem como se mexer.

A PRISIONEIRA

Escrevi sobre os acontecimentos e as suspeitas dos últimos dias e pedi a meu tio que enviasse os textos a Ferney. Pedi-lhe ainda em minha mensagem algum dinheiro e algumas instruções: precisava saber que minhas palavras eram ouvidas, e que havia lá longe uma mente clara a organizar os fragmentos e também os meus passos. Nas livrarias de Paris eram encontradas, freqüentemente, folhas soltas que os livreiros guardavam em cofres esperando encontrar algum dia o livro ao qual pertenciam. Virara moda encadernar páginas perdidas até que se formasse um livro que tratava, aos saltos, das coisas mais diversas. Eu me sentia assim: amontoava páginas incompreensíveis, à espera de que em um salão de Ferney, junto a uma janela, o grande leitor fosse capaz de entendê-las.

De vez em quando circulavam rumores de que Voltaire estava na cidade, ou de que estava morto, e eu me perguntava se não estaria cumprindo missões a serviço de uma causa desaparecida e por conta de um dinheiro inexistente.

Durante as tardes, ia até a Casa Laghi, esperando ver Clarissa. Estava disposto a experimentar um novo encontro, uma vez que seu pai se distanciara. Mas quando vi Von Knepper sair apressadamente da casa, com um pequeno baú nas mãos, a curiosidade me levou a segui-lo.

Von Knepper caminhou sem olhar para trás nem para os lados. Seus passos eram tão gigantescos que eu quase tinha que correr para alcançá-lo. Cruzamos o rio, atravessamos um mercado, e quase o perco entre os vendedores que abandonavam o lugar para voltar no dia seguinte. Chegou a uma porta gradeada e tive que retroceder para não ficar à vista. Havíamos chegado ao cemitério. O guardião o esperava, e sem necessidade de que dissesse alguma coisa, abriu-lhe a porta. Vi Von Knepper avançar entre as árvores e as tumbas, até que as sombras o tragaram.

Podia escolher entre o cemitério e a casa, e preferi a casa. A criada procurou me deter na porta, mas gritei o nome de Clarissa e a jovem veio lá do fundo para me resgatar. Levou-me de novo ao aposento onde se amontoavam os mecanismos quebrados, aos quais agora estava agregado o bastão de Kolm.

— Vi seu pai no cemitério. Visita por acaso o túmulo da sua mãe?

— Minha mãe morreu em outra cidade, e meu pai jamais visitou o seu túmulo.

— E o que procura no cemitério a essa hora?

— Não sei. Por que não o seguiu, se o seu principal interesse era o meu pai?

— Preferi vir para cá.

— Não me fale então do cemitério. Seus sapatos já estão enlameados. Quanto mais falar, mais lama haverá.

Ofereceu-me uma cadeira que tinha uma perna frouxa e da qual quase caí. Ela se sentou em um baú. Estávamos quase no escuro. Pareceu-me ouvir o zumbido de máquinas diminutas nos cantos do aposento.

— Não falo com ninguém há muito tempo. Meu pai não é um sujeito bom de conversa.

— Dizem que é o maior fabricante de autômatos da Europa.

— Construiu um tigre e uma bailarina, e conquistou as cortes de Portugal e da Rússia. Às vezes me parecia que de tanto estar entre máquinas meu pai havia encontrado o mecanismo secreto do mundo, e que tudo o que desejava lhe era concedido. Mas a moda dos autômatos passou, e agora meu pai não é mais movido pela arte e sim pela cobiça e pelo medo.

— O que o seu pai teme?

— Teme o abade Mazy e seu calígrafo, que escreve um livro que não termina e usa como tinta o sangue de seus inimigos.

Enquanto falávamos, a escuridão ocupou mais espaço, nos empurrando um contra o outro. Tentei abraçá-la através daquele movimento imperceptível e covarde que tenta simular não ser uma ação deliberada, mas sim um toque casual. Clarissa não fez nenhum gesto de aprovação ou recusa e eu me perguntei se era possível que a tivesse tocado com tanta delicadeza que ela nem sequer percebera. A falta de uma reação escandalosa me tornou mais valente e aproximei-me mais. Minhas carícias não encontraram resistência, nem tampouco eco. Os objetos que nos cercavam quase não se mexiam; moviam-se as bonecas holandesas e os soldados desarvorados e os minúsculos deuses gregos. Tudo menos Clarissa que, firme em sua cadeira, fingia ser de mármore.

Von Knepper abriu a porta e me senti flagrado entre duas figuras de cera. Olhava-me sem me ver, tinha algo a me dizer — me expulsaria de sua casa e talvez me denunciasse à justiça —, mas era evidente que a simples idéia de falar comigo o entediava. A chuva o deixara empapado e tinha as botas cheias de barro. No entanto estava em outro lugar, lá fora, entre os túmulos, e não havia entrado integralmente no aposento. Agora que o seu corpo encontrara o calor, era necessário esperar que a sua mente também regressasse do cemitério.

— Minha filha está doente — disse Von Knepper. — Cai freqüentemente neste estado.

Passou a mão na frente de seus olhos. Clarissa não se moveu.

— Peço-lhe que não volte a visitá-la. Os estranhos desencandeiam as crises.

— Nem sequer me aproximei dela.

— Sua simples presença é o bastante. A enfermidade dela é muito delicada, capaz de detectar estranhos antes mesmo de entrarem na casa.

— O senhor mantém sua filha trancada em casa, como se fosse uma prisioneira.

— É a doença que a mantém presa. Se eu permitisse que levasse uma vida comum, cairia em transe e jamais despertaria. Não procure entender. Vá agora, agora que pode, agora que ninguém impede o seu caminho.

Senti um frio que era alheio, que vinha da imobilidade da menina e dos sinais que a noite havia deixado em Von Knepper. O dono da casa cruzou o aposento e, antes que eu tivesse tempo de perceber, jogou o bastão de Kolm em meu pescoço. A mão-de-ferro fechou-se em volta da minha garganta. Se o mecanismo tivesse funcionado com a força destruidora que tinha antes, eu estaria morto. Mas senti apenas um aperto suave, que só me deixou pequenas marcas.

— Diga ao seu amigo que o mecanismo foi consertado. Não será necessário que voltemos a nos ver.

O SEPULCRO

Mathilde já não me perturbava; quando desenhava as letras na pele das mulheres, pensava em Clarissa. Mas em minha fantasia não a escrevia: imaginava que Clarissa chegava ao meu quarto no meio de uma noite de chuva e eu, lentamente, explorava uma mensagem escrita em uma língua incerta.

Encontrei Kolm em uma taverna freqüentada pelos funcionários do cemitério. Devolvi-lhe o bastão já consertado. Perguntou-me quanto havia gasto naquilo e eu disse que muito, mas que por uma pequena ajuda sua me daria por recompensado. Naquele lugar podíamos falar sem medo de ser ouvidos por indiscretos ou espiões; os coveiros só conversavam entre si e nada dos demais os preocupava. O total isolamento a que os condenara o seu ofício os levara a deformar o seu idioma original a ponto de terem construído uma língua própria. As menções a sepulcros, escuridão, mármore ou morte não podiam ser interpretadas em seu sentido literal; conforme estivessem combinadas umas com outras, poderiam significar muitas coisas diferentes. A música dessa língua era algumas vezes seca e pausada como pazadas de terra, ou vagamente solene, entrecortada por frases em latim aprendidas em inscrições fúnebres.

Como arrastassem as botas sujas pelo piso da taverna, com o passar dos anos a terra acabou cobrindo por completo a superfície do lugar. Deixavam as suas bolsas e instrumentos perto da porta. Os estudantes de medicina se aproximavam para comprar ossos, e os ourives, jóias roubadas.

Como pagamento pelo conserto do bastão, pedi a Kolm que descobrisse o motivo pelo qual Von Knepper visitava o cemitério. Sucederam-se jarras de um vinho aborrecido até que Kolm, cansado da minha insistência, prometeu de má vontade ajudar-me. Levou-me até um homem de cara vermelha que estava sozinho e não conversava com ninguém. Abandonado em um canto, ele passava e repassava as páginas de um livro grosso cheio de anotações diminutas. Levava o dedo à língua para virar as páginas e depois marcava um trecho do livro, como se tivesse, finalmente, encontrado uma palavra que há anos procurava. Reconheci o guarda que havia aberto a grade para Von Knepper.

— Você se lembra de mim, Maron? Sou Kolm.

Maron não estava acostumado a falar com ninguém e ficou surpreso de que estas palavras o procurassem.

— Lembro. Pensei que não estava mais entre a gente. Por que veio a este lugar cheio de indesejáveis?

— Procurava você.

— O que alguém pode querer de mim?

— A chave do cemitério. Quero convidar um amigo para passear comigo à noite entre as tumbas.

— Abro e fecho aquela porta há quarenta anos e nunca emprestei a chave a ninguém.

— Vamos pagar fingindo acreditar que isso é correto.

Respeitando os sinais do verdugo, coloquei duas, três, quatro moedas em cima da mesa. Kolm me deteve.

— E lhe daremos mais um pouco se permitir que olhemos o livro.

Maron pegou as moedas. À diferença dos outros homens daquele lugar, tinha as mãos brancas e limpas, sem nenhuma cicatriz. Disse em voz baixa:

— Uma rápida olhada. Não o manchem.

Kolm pegou o livro e passou-o para mim. Durante um segundo, fiquei desconcertado e comecei a olhar as páginas mais para fingir que compreendia a ordem de Kolm do que para buscar alguma coisa concreta. Kolm sussurrou-me ao ouvido que concentrasse minha atenção nos enterros mais recentes. Ao lado de cada nome, estava indicado o lugar da sepultura. Estudei cada linha em busca da mentira que distorce o traço, o desvia, e logo o obriga a voltar à forma original, mas com esforço excessivo. Kolm não queria que perguntássemos diretamente por Von Knepper, porque havia o risco de que Maron nos delatasse. Era melhor que o nosso objetivo ficasse nas sombras.

Encontrei no nome Sarras um S que quase parecia vibrar, reclamando atenção para a sua falsidade.

Pegamos a chave, devolvemos o livro, e pouco depois, noite avançada, estávamos à porta do cemitério.

Kolm não quis me seguir entre as tumbas.

— Sou carrasco. Meu acordo com a morte termina debaixo deste arco.

Ficou na porta, vigiando.

Avancei entre as lápides até a zona onde se erguiam os monumentos. Era como um estrangeiro que chega a uma cidade desconhecida. Tentava fazer uma idéia do espaço, mas a luz da lua mudava as coisas de lugar. Lia as inscrições à procura do nome Sarras. O caminho me levou até ao fundo, onde estavam os túmulos mais antigos, em sua maioria em ruínas.

Postado em cima de um minúsculo palácio de mármore, um arcanjo ameaçava os visitantes com uma espada quebrada. A fechadura enferrujada estava quebrada há muito tempo. O ar frio e nauseabundo quase me fez tropeçar e cair pela escada que levava ao interior da construção.

Acendi, com uma lamparina que levara, velas que em noites passadas haviam tombado em cima de ataúdes e altares. Luz nenhuma me ajudaria a entender a imagem. A título de exercício, um dos meus professores da escola de Vidors, o óptico Mialot, levava os alunos a perceber de repente que havia uma mensagem nas linhas confusas que exibia. O que nos permitia descobrir a frase oculta não era a concentração, mas sim uma certa distração alcançada ao cabo de uma longa concentração. Uma vez resolvido o enigma, parecia inacreditável que não tivéssemos descoberto desde logo as palavras escondidas.

O bispo estava sentado em uma cadeira alta que parecia um trono. Era sustentado por cordas que pendiam do teto e lhe davam um ar de marionete. Aqui está, então, o autômato, pensei. Quem poderia confundi-lo com um homem real? Estava cercado por enormes blocos de gelo trazidos das montanhas através de não se sabe que inaudito esforço. O bispo atingia uma dignidade extraordinária à luz daquelas velas; parecia um monarca subterrâneo, capaz de continuar governando até muito depois da sua morte. Quem via os fios, não imaginava que o sustentassem, mas sim que eram instrumentos através dos quais ele executava os movimentos e as estratégias do seu governo.

As velas derretidas se apagavam uma a uma, completamente consumidas; quando só a minha chama permanecia viva, descobri na parede a sombra de outro intruso.

Golpes na janela

Minha única arma era um candeeiro de ferro, e mostrei-o ao desconhecido para deixar claro que poderia me defender se ele tentasse impedir minha fuga. Era apenas um inimigo, e estava quieto como se tentasse passar despercebido. A água dos blocos de gelo molhavam a sola das minhas botas e chegava até os pés do outro. A passos lentos, tentando evitar qualquer tipo de contato, chegou perto de mim.

O capuz caiu para trás e permitiu que eu visse o rosto de Clarissa. Foi um daqueles momentos em que você acaba confiando na ordem do mundo e acredita que tudo é bom e que sempre estará a salvo. Com meias palavras, baforadas de ar e gestos sem sentido, consegui perguntar o que fazia ali:

— Eu queria ver aquilo a que o meu pai tem dedicado as suas noites. Já se cansou de aprender a respeito dos seres vivos e agora aprende com os mortos.

O bispo olhava severamente o nosso abraço e os nossos beijos, preocupado, porque o calor que irradiávamos poderia derreter os blocos e condená-lo a uma queda.

Uma lufada de ar apagou a última vela, e o bispo ficou só na escuridão. Cabia-lhe levar a sua representação até o fim: deixar cair a cabeça, soltar os braços, depor os restos de dignidade, ouvir o som dos timbales. Fechei a porta de ferro e empreendemos o caminho até a saída.

— O que vai fazer agora que já conhece a verdade?

— Não é melhor perguntar o que a verdade vai fazer comigo?

Os túmulos pareciam peças abandonadas de algum jogo antigo. Perguntei-lhe se era verdade que a sua doença a transformava em um autômato.

— São fantasias de meu pai. Acredita que suas criaturas e eu somos irmãs e que temos marcas de família.

— Mas uma noite dessas eu a vi imóvel, como se tivesse adormecido.

— Por acaso não acontece a qualquer pessoa ficar assim, completamente quieta, como se um raio a tivesse fulminado? — Não cheguei a responder-lhe porque ela me beijou. — Quem poderia me confundir com um autômato?

Kolm nos esperava lá fora e antes mesmo que o alcançássemos despediu a gente com um gesto de cansaço, reprimenda, aborrecimento. Caminhamos depressa até chegar à casa. Embora houvéssemos vivido fatos importantes, falávamos de coisas sem importância; as velhas conversas tolas de apaixonados. Quando chegamos, havia uma luz acesa.

— Meu pai sempre trabalha à noite. Um dia ficará cego.

Não olhei para a janela do inventor; naquele momento não me importava. Estava me despedindo de Clarissa sem saber por quanto tempo. Ela era parte de um mecanismo de aparições e desaparições cujos prazos eu ainda ignorava.

Estabeleci uma rotina para as noites seguintes: passei a bater, ligeiramente e sempre muito tarde, na janela de Clarissa, esperando que ela a abrisse. Mas Clarissa nunca respondeu aos meus golpes. Talvez dormisse tão profundamente que nada seria capaz de despertá-la; ou talvez o pai tivesse descoberto a sua fuga e a mantivesse presa à chave em um quarto sem janelas. A casa estava sempre às escuras, a não ser aquele lugar onde o velho trabalhava. Noite após noite evitei aproximar-me, até que, por cansaço ou por ter decidido que aquela seria a última noite em que eu montaria guarda, ousei espiar pela cortina entreaberta.

Nas paredes e sobre cavaletes repousavam esboços minuciosos do rosto, do pescoço e das mãos do bispo, em diferentes posições. Os desenhos eram perfeitos, mas o modelo havia contagiado as próprias reproduções com uma verdade que o desenhista não havia percebido. Assim, em cada detalhe, na forma das orelhas, na junção dos lábios e no vazio do olhar, se adivinhavam as linhas da morte.

A janela se abriu repentinamente e a cara de Von Knepper surgiu diante de mim; não era de fúria e sim de alegria, como se ele também, em noites simétricas, tivesse montado guarda para me encontrar.

O DISCÍPULO DE FABRES

— Entre na casa — disse Von Knepper. — Conversaremos pela última vez.

Guiou-me por salas mergulhadas em sombras até o único quarto iluminado. Compreendi, pelo número de ferrolhos, que havia sido convidado a visitar um lugar proibido para os demais. Agora os esboços da cara e das mãos do bispo me cercavam, como se a figura do morto, expandida em tantas imagens, tivesse se apoderado do aposento. Entrar ali era como se estivesse invadindo o próprio corpo do bispo. Von Knepper me fez sentar em uma cadeira dura que ele usava para trabalhar e me serviu uma taça de conhaque.

— Aos dezessete anos, tornei-me discípulo de Fabres. Aprendi tudo com ele, mas as minhas criaturas eram imperfeitas e as dele pareciam vivas. Não era qualquer um que percebia a diferença. Estou falando das nuances que permitem à mãe distinguir um gêmeo do outro. Não conseguia que as minhas criaturas agissem com a inconsciência do movimento que é própria dos seres vivos. Minhas máquinas eram excessivamente atentas a si mesmas.

"Tive alguns êxitos e cheguei a exibir um dos meus escreventes na corte do czar. A máquina deveria produzir um texto de 109 palavras que louvava o soberano. Um erro de ajuste levou meu escrevente a derrubar o tinteiro e não houve nenhum louvor, a não ser uma mancha de tinta que se expandia descontroladamente. Meu desastre só foi perdoado porque um sábio da corte acreditou ver naquele acidente uma previsão da incontrolável expansão do império.

"A partir daquele incidente, abandonei os escreventes e voltei aos pássaros, às bailarinas, às selvas mecânicas. Meus brinquedos eram extremamente perfeitos, mas eu sabia que a minha ambição era outra: os escreventes são a grande obsessão de quem lida com este tipo de feitiçaria. Quanto mais quietas eram as minhas criaturas, mais vivas elas me pareciam. Quando se moviam, a ausência de vida avançava sobre elas, apagava os seus olhos de porcelana veneziana e reduzia-as a fantasmas de fantasmas.

"Nós, os fabricantes de autômatos, transmitimos aos discípulos apenas uma parte dos nossos conhecimentos; os verdadeiros segredos tardam anos e às vezes só lhes chegam depois da nossa morte, na forma de um testemunho difícil de decifrar e que jamais poderá ser explicado. Quando o discípulo é uma réplica do mestre e foi contagiado pelo mesmo tipo de ambição, pelo mesmo ressentimento, pelo mesmo ódio e tem os mesmos inimigos, quando, de alguma maneira, já é o outro, então a verdade lhe é revelada. Fabres ensinou-me tudo, mas me ocultou tudo também. Quando me aproximei de seu leito de morte para conhecer a linha que faltava no livro que pacientemente escrevera em mim, ele me disse apenas: Qual é a necessidade que o mundo tem de nós? E morreu.

"Enquanto os outros discípulos esperavam avidamente pela abertura do seu testamento — que fraudou a todos —, eu fiquei à espera de uma carta, de um papel dobrado ao meio, de uma engrenagem nova ou do esquema de um mecanismo que me devolvesse ao caminho dele. E o que recebi foi um livro, o *De Progressione Diódica*, um ensaio detalhado sobre o sistema que reduz a um e a zero todos os outros números. Nunca tive um carinho especial pela matemática e por isso pensei em vender o livro, mas ele havia sido atacado pela umidade e encadernado de novo. Já não tinha nenhum valor bibliográfico.

"Meses depois, um dos meus gatos derrubou o livro do alto da biblioteca de tal forma que ele caiu sobre o tinteiro e o fez tombar. O incidente me fez lembrar aquele escrevente que me traíra diante do czar. Virei suas páginas sem me concentrar na leitura, lembrando, mais uma vez, cada detalhe do meu fracasso. Às vezes as coisas acontecem assim: não lemos o que está escrito, mas aquilo que a nossa mente vai anotando e aplicando velozmente a páginas alheias. A luz da manhã bateu em cheio no livro e descobri então uma pequena anotação e outra e mais outra. Meu mestre havia usado as margens para fazer delicadas inscrições a lápis.

Von Knepper já havia enchido três vezes a minha taça. Eu estava sem forças para me levantar. As coisas à minha volta fundiam-se umas às outras, como se nenhum objeto aceitasse ficar isolado dos demais. Von Knepper, sóbrio, sóbrio não apenas esta noite, sóbrio desde sempre e para sempre, continuava a dar as suas explicações, sem me olhar, os olhos cravados num espectador imaginário, assim como fazem os atores para evitar que o público os distraia do texto decorado.

— Dediquei duas semanas a decifrar aquelas palavras e os anos seguintes a transformar aquelas noções em mecanismos. Aprendi a imprimir, em lâminas de ferro, códigos, ou seja, as ordens que comandam os autômatos; você sabe: basta mudar as lâminas para mudar as orientações.

Estendeu-me uma de suas lâminas. Ela tinha uma série de perfurações que formavam um desenho sem sentido para mim.

— Estes agulheiros escondem palavras. Agora as minhas criaturas parecem tão vivas quanto as de Fabres, mas eu cheguei a um ponto não imaginado pelo mestre: as minhas criaturas podem usurpar o lugar de um homem.

— Estive recentemente com o bispo, e ele trabalhava na sombra.

— Este tipo de artifício já não é necessário. Hoje, mesmo quem o vê de perto, bem-iluminado, acredita que é um homem de verdade. Não preciso mais visitar a sepultura. Meu autômato é mais real do que o bispo enfermo, que já não se parecia com ele mesmo.

— Agora que o seu trabalho chegou ao fim, quem lhe assegura que o manterão vivo?

— A máquina precisa de uma manutenção permanente. Eu sou a única pessoa capaz de interferir nas instruções, e vou trabalhar para que ninguém aprenda a fazer o que eu faço. Estou, portanto, salvo.

Ele já bebera a última gota e começava a ter consciência dos perigos contidos em cada uma de suas palavras. Queria perguntar-lhe por que me contava a verdade, o que esperava de mim. Num rasgo de otimismo, pensei que talvez tivesse alguma coisa para me oferecer. Vencendo o medo, meus olhos se fecharam por alguns segundos. Quando os abri, ouvi Von Knepper responder à pergunta que eu não havia feito:

— Não é necessário esconder nada de um condenado à morte.

O PÉ DE MATHILDE

Von Knepper parecia estar envergonhado pela corrente de revelações que me levaria à morte.

— Minha filha me falou de você, e da visita ao cemitério. Não a culpe; contou para que eu percebesse que conseguira escapar, prova de que poderia levar uma vida normal. A pobre menina está tão enclausurada em nosso mundo que acredita que façanhas noturnas como a de vocês fazem parte da vida normal das pessoas. Quando eu soube, revelei ao abade Mazy os seus últimos passos. Eles não sabem o seu nome, mas sabem que devem procurar um dos pretendentes de Clarissa. Por que se deixar matar? Isso não me dá nenhum prazer.

— Que posso fazer para me salvar?

— Quero que deixe Paris e se afaste de minha filha. O amor é a causa da doença dela. Tenho que escondê-la do amor.

— Isso é impossível. Posso ir, mas outro virá ou Clarissa resolverá ir embora.

— Tudo pode acontecer. O meu ofício me ensinou uma lição de humildade: até as máquinas mais perfeitas acabam falhando, e os mecanismos que parecem imortais param por motivo nenhum. Ninguém inventou ainda um *perpetuum mobile*.

— Deixe que a veja uma última vez.

— As últimas vezes nunca prestam.

— Quero dizer-lhe que, se me vou, não é por minha vontade.

— Ela já sabe. Falei-lhe de seu amigo, o calígrafo do abade. Clarissa conhece os seus motivos para fugir. Ainda que não seja um mau fim para um calígrafo transformar em tinta o próprio sangue.

— Isso é parte da lenda de Silas Darel.

— Eu o vi com os meus olhos; vi o calígrafo mudo, o livro enorme, o tinteiro vermelho. Ali está escrito o seu nome e o meu, e tudo o que fazemos e talvez também o que estamos agora dizendo.

Com um gesto me expulsou do seu quarto e do seu mundo. Apressou-se em colocar os ferrolhos, como se me trancasse em uma prisão feita de cidades e países e continentes.

Saí da casa de Von Knepper avaliando a gravidade do perigo que eu corria. Tive uma noite intranqüila, na qual cada ruído me informava que os homens do abade chegavam para me buscar. Pela manhã, andei até a casa de Siccard para cobrar o dinheiro que me devia. Eu precisava de recursos para deixar Paris. Caminhei de mãos dadas com o medo: olhava para os lados e pressentia em cada rosto um inimigo. Ele não precisava de uniformes nem sotainas; bastava uma anciã me olhar de relance, um cachorro morto de fome me seguir com insistência, um menino agitar uma espada de madeira.

Na Casa Siccard, um grupo de clientes esperava pela sua mercadoria: um meirinho, por folhas legais com a marca d'água de uma justiça cega; um sacerdote, por um lote de pergaminho; um músico, por folhas pentagramadas amarradas com uma faixa azul. O tráfico de mulheres escritas desempenhara o papel de publicidade velada dos negócios públicos do jovem Siccard. Ao chegar ao primeiro andar, cruzei com o dono da casa, sempre laborioso e apressado, como se temesse que o seu pai morto aparecesse de repente para exigir o balanço das perdas e dos ganhos. Perguntou-me por Dussel, mas eu não tinha notícias do meu colega. Nunca conversávamos; Dussel saía sempre correndo, mesmo que ninguém estivesse à sua espera no quarto de pensão. Antes de ir para o gabinete do fundo, onde me esperava Juliette, pedi a Siccard que me pagasse os últimos dias.

— Não pode esperar até a semana que vem?
— Impossível. Tenho uma despesa de emergência.
— E amanhã?
— Tem que ser hoje mesmo. Há muitos clientes lá embaixo. Um deles pagará a conta.

Repetíamos uma pequena cena cuja origem remontava ao próprio começo do negócio, muito antes dele ter nascido. O jovem Siccard sempre pagava, mas se sentia na obrigação moral de resistir um pouco. Assim havia feito por décadas o seu pai. Aristide se afastou cabisbaixo, como se as minhas palavras o tivessem ferido. Fui até o último gabinete, cumprimentei a jovem que me esperava e comecei a preparar as tintas. Juliette me interrompeu.

— Hoje a mensagem é para você.

Tirou a roupa com lentidão profissional. Primeiro procurei a assinatura e descobri, sobre um músculo perfeito, a letra V. Cansado das minhas proezas em lugares distantes e mensagens entrecortadas, meu patrão convidava-me a voltar a Ferney. Por fim, abandonaria os sobressaltos e cumpriria o meu destino de calígrafo, esta página em branco.

Nunca cheguei a ler as linhas finais, porque ouvi golpes contra a porta do quarto contíguo e ruído de madeira quebrada. Por último, o grito de Siccard, ou melhor, o seu gemido, porque tentava gritar e não podia. Saí para o corredor e encontrei Dussel, com a camisa banhada de sangue já seco. Pensei que o haviam ferido e tratei de segurá-lo, mas livrou-se das minhas mãos e correu até a escada. Foi a última vez que o vi; ele, como sempre, ia com urgência a lugar nenhum.

Aproximei-me do gabinete, inspirado por aquele impulso de curiosidade que antecede o medo. Siccard estava ajoelhado diante do cadáver de Mathilde. Um talho cruzava a garganta da mulher. Por um momento, me pareceu que o corpo dela havia sido invadido por formigas; letras minúsculas percorriam toda a superfície — até os lábios e as pálpebras e a espiral das orelhas — da pele branca. Clientes atraídos pelos gritos e pelo sangue começavam a subir as escadas.

Em outras circunstâncias, eu teria caído de joelhos, mas o medo que carregava comigo me havia deixado insensível à dor e também à surpresa. Para me salvar dos homens do abade, precisava deixar o edifício antes que a polícia chegasse para interrogar todos os empregados da casa, os visíveis e os secretos. As notas que Siccard havia reservado para mim estavam em suas mãos. Sem dizer nada, arranquei delas o dinheiro. Aceitou docilmente, como se as suas mãos tivessem deixado de lhe pertencer.

Antes de escapar, cobri o corpo de Mathilde com uma manta. Só ficou de fora a planta de um dos seus pés. Siccard o segurou entre as suas mãos e olhou cada um dos seus lados, movendo-o com delicadeza, como se temesse quebrá-lo. E leu em voz baixa, para todos os que estávamos ali (para os outros, bruscamente emudecidos, e também para mim, que já me afastava) as linhas finais do Apocalipse.

A FUGA

Tinha o dinheiro em minhas mãos; tão logo recuperasse minha bagagem, sairia de Paris. Além de desorientar os meus perseguidores, queria me afastar do quarto onde jazia o cadáver de Mathilde. Por maior que fosse Paris, o aposento da Casa Siccard era o quarto ao lado.

Fui à casa do meu tio e comecei a preparar os meus frascos, assegurando-me de que estavam bem fechados para que as tintas não manchassem a roupa ou provocassem danos ainda piores. Quando ouvi os passos na escada, pensei que era o marechal de Dalessius, a quem a notícia da iminência da minha partida deixara extremamente entusiasmado. Há aqueles que ficam felizes com as chegadas; já o meu tio se alegrava com as despedidas. Um ruído de chaves me inquietou. Lembravam sinos anunciando um funeral.

A figura gigantesca de Signac ocupou todo o umbral. Ele ainda estava imóvel, mas as chaves continuavam batendo umas nas outras, agitadas por inspirações ou arquejos. Outro dos homens do abade estava com ele. Era comprido e magro como a adaga que agora tirava da bainha.

Não se preocuparam em me bater ou ameaçar. Bastou-lhes perguntar quem me mandara fazer o meu trabalho.

Fiquei calado: o instinto nos leva a achar que se nos calarmos com competência acabarão nos esquecendo em um canto. Mas a adaga tinha memória e aproximou-se, timidamente, da minha garganta. Meu silêncio era menos perigoso do que a verdade: uma única palavra me degolaria. Não esperavam de mim mais do que uma palavra, um nome, uma assinatura ao pé do texto traçado pelos meus atos.

Tossi, fiz um falso esforço para recuperar a fala e pedi, através de gestos, pena e tinta. Compreenderam minhas maneiras amedrontadas e ficaram tranqüilos. Pensavam que quem está disposto a escrever evitará os balbucios e as mentiras. Escolhi uma tinta de cor arroxeada, que cheirava a mandrágora. Paracelso, em seu livro sobre os poderes das plantas, garantia que bastava tocar uma letra recém-escrita com esta tinta para morrer envenenado. O tratado dizia ainda que algumas palavras são mais dóceis do que outras ao veneno; preferi, em lugar de palavras, um ponto final. Mergulhei a pena no líquido, e enterrei-a, imediatamente, na garganta do meu inimigo mais urgente.

Foi tal a dor que ao levar as mãos ao corte ele feriu a si mesmo com a adaga; o metal sedento finalmente se saciava. Signac veio balançando em minha direção. Empunhava duas chaves famintas, mas não me alcançou. O peso da sua armadura tolhia os seus movimentos, e eu havia alcançado a porta.

Cheguei quase sem ar aos escritórios do Correio Noturno. Atrás de um vidro sujo, estava sentado um homem solitário que anotava nomes, datas e destinos em um livro. Bati no vidro até que ele se aproximasse e abrisse a janela.

Deve ter percebido em mim alguma semelhança com o meu tio; não me pediu de imediato nenhuma prova da minha identidade. Olhando para os lados, expliquei que tinha pressa. O que mais me assustava eram os ruídos metálicos.

Enquanto caminhávamos até o fundo da antiga salgadeira, o velho empregado me disse o seu nome, Vidt, e contou que me conhecia desde criança. Perguntou, de passagem, o nome do barco que naufragara com meus pais. Quando eu disse o nome correto, ele acelerou o passo. Viu que eu dizia a verdade e, portanto, não precisava temer nenhuma represália por parte de meu tio.

Atravessamos um depósito repleto de ataúdes e chegamos ao estacionamento das carruagens. Um grito de Vidt deteve um cocheiro que já saía. Ele mandou que colocasse um outro ataúde na carroça.

— Para quem? — perguntou o cocheiro com impaciência, como se houvesse em sua vida infeliz algum fato inadiável.

— Para mim — eu disse.

— O senhor está saudável.

— Estarei por pouco tempo, se não se apressar.

Coloquei uma moeda em sua mão e deixei que o dinheiro respondesse a todas as perguntas.

Vidt insistiu em empoar a minha cara para que, se me vissem, estivesse igual aos outros passageiros. O pó era mais espesso do que aquele que a moda impunha a nobres e burgueses. Olhei o meu reflexo no vidro da carruagem: quem me visse não duvidaria de que a vida me abandonara.

Colocamos o ataúde no carro e entrei, não sem alguma dificuldade, na caixa. O cocheiro foi amável e colocou uma manta sob a minha cabeça para que eu não a batesse no fundo do ataúde. Acomodei-me, fechei os olhos, e a tampa do caixão caiu sobre mim.

O FIM DA VIAGEM

Foi a pior viagem da minha vida, de uma vida que só teve viagens ruins. Cada pedra no caminho era um golpe nas costas, cada curva, um martírio. Quando o carro era detido por obstáculos ou nos postos de controle, eu me perguntava se a minha cabeça não valeria tanto que o cocheiro acabaria me entregando. Mas quando Paris já estava bem longe o ataúde foi aberto, oferecendo-me à manhã fria, e o cocheiro me cedeu as rédeas e foi dormir.

Chegamos debaixo de chuva a umas granjas abandonadas. O carro continuaria em direção ao norte; eu deveria descer e caminhar até Ferney. Caminhei debaixo de árvores cinzentas e cruzei um arroio por uma ponte de pedra. A cada passo, me sentia mais fraco, tinha febre e o cansaço era terrível. O canto dos pássaros era uma música fúnebre que tornava as árvores e o céu ainda mais cinzentos, e mais distante a minha meta. Quando cheguei ao castelo, não conseguia dizer nem o meu nome.

Ofereceram-me cama e roupa seca, mas não deram atenção aos meus pedidos de ser recebido por Voltaire o quanto antes. Aquela ala do castelo estava no meio de uma reforma e por isso ficaram me carregando com cama e tudo de um lugar a outro durante toda a noite. Visitei a cozinha, os porões hediondos, as salas onde se testava se os relógios funcionavam perfeitamente (e onde não era possível saber a hora, pois cada um dos relógios marcava uma diferente). Os serviçais me colocaram várias vezes em quartos onde outros criados convalesciam de doenças. Não havia jeito de eu obter alguma informação; nós, os doentes, falamos uma língua incompreensível, que ninguém tem interesse em responder. Havia nos gestos daqueles que me transportavam uma terrível seriedade. Não sabia se era porque, calígrafo que era, não sabiam como me tratar (era menos do que um senhor e mais do que um criado) ou se estavam a par de um diagnóstico sobre a gravidade da minha doença e por isso carregavam a minha cama com solenidade fúnebre.

Continuava viajando, não parava nunca de viajar através de uma noite que se prolongava por quartos e salões, que subia e descia escadas. Durante uma crise de febre, nada fica em seu lugar. A viagem me levou à porta do teatro de Ferney, nunca soube se por indicação do meu senhor, por azar ou por erro. Cambaleante, pálido, mas já sem febre, atravessei como sonâmbulo uma sala escura, entre marionetes sicilianas e japonesas, corvos embalsamados e a armação de cobre de um dragão chinês.

Afastei a cortina e apareci em cena. Parecia um ator que chega tarde a uma apresentação não recordando nada do texto. Ali estava Voltaire, embora no princípio eu tivesse pensado que se tratava de um ator que representava o seu papel; havia em sua decrepitude um exagero que sugeria uma máscara e um disfarce. Também estavam ali os outros, espectadores ou atores, a me olhar com estupor. Então, passada a surpresa, ouvi Voltaire dizer: "É o meu calígrafo, que voltou de uma missão." Disse-o como se as suas palavras pusessem fim a uma longa comédia. Ouvi aplausos e senti que, finalmente, estava de volta.

Terceira Parte
O Mestre Calígrafo

A ESPERA

A luz atravessa o vidro sujo e cai sobre a página; vejo, no papel denso, o tremor de minha mão. Aprendi a transformar vacilações em arabescos. É preciso deixar a tinta fluir, permitir que a mão corra até a palavra seguinte e mais uma vez à seguinte, não parar nunca para pensar no erro. Quando começamos a duvidar, duvidamos de tudo; como aquele calígrafo do Vaticano que, ao redigir um documento, ficou em dúvida se devia mencionar o papa Clemente VI ou Clemente VII, e logo depois se o nome era realmente Clemente, e no final desconfiava de cada palavra — e não voltou a escrever mais nada em toda a sua vida.

O tremor de minha mão direita não é o simples produto dos anos; faz parte da síndrome de Veck (chamada assim por causa de Karl Veck, calígrafo dos Habsburgo). As mãos daqueles que se dedicam durante décadas a este ofício adquirem uma certa independência e, freqüentemente, quando querem escrever uma palavra, escrevem outra completamente diferente. As crônicas lembram que, em seus sonhos, uma pena se aproximava de Veck, que escrevia, velozmente, uma palavra ou às vezes uma frase inteira, de sentido sempre obscuro que, ao acordar, tentava em vão decifrar.

Às vezes minha mão também escreve palavras involuntárias; é por isso que estas páginas estão abarrotadas de emendas e borrões. Quando jovem, eu odiava qualquer imperfeição; no entanto, com o passar dos anos, aprendi a reconhecer nas manchas e palavras sobrescritas uma das várias formas adotadas pela nossa assinatura. Tudo o que me ensinaram na escola de Vidors é falso. O melhor calígrafo não é aquele que nunca se equivoca, mas aquele que consegue arrancar das manchas algum sentido e um resto de beleza.

O acúmulo de trabalho me obrigou a interromper estas memórias, mas agora saio do quarto gelado, cruzo o oceano e o tempo, e volto a entrar naquele cenário de Ferney. Além dos bajuladores que sempre visitavam o castelo, estavam ao lado de Voltaire uma dama jovem e uma outra mais velha, que supus serem mãe e filha. Voltaire as orientava para interpretar com paixão e rigor o drama dos Calas.

— Comover o povo é fácil, porque ele chora por qualquer coisa; comover uma corte é bem mais complicado. Não é pranto o que devem exibir, mas sim a contenção do pranto; as lágrimas derramadas apesar de toda a força de vontade.

As mulheres aceitavam, docilmente, as instruções de Voltaire; e eu fiquei admirado de que ainda existissem no mundo atrizes obedientes. Deviam ser suíças, sem dúvida. As mulheres aproveitaram a distração provocada pela minha presença para afastar-se e descansar um pouco. Perguntei a Voltaire que obra era aquela.

— A mais difícil de representar. A viúva e a filha de Jean Calas se preparam para apelar às cortes européias em busca de ajuda para o seu caso; quero que digam palavras justas, sem que passem por tolas ou atuem exageradamente. Ao descobrir que eram, realmente, a filha e a viúva de Calas, estive a ponto de confessar que estivera em Toulouse quando do martírio de seu pai e esposo e que havia visitado a casa arrasada. Mas alguma coisa me deteve: creio que elas se sentiam cômodas naquele jogo teatral, escondidas atrás de seu papel de atrizes, e teriam levado a mal se alguém lhes recordasse que eram elas mesmas.

— Bastará que digam a verdade que sai de seus corações — disse em voz baixa.

— O coração e a verdade não fazem um bom casamento. Nossos inimigos montam grandes espetáculos e nós também temos que representar. O teatro está hoje em todas as partes, menos nas salas de teatro; cidades inteiras são cenários.

Nos dias seguintes procurei em vão ocupar o meu lugar de calígrafo. Era só pedir um trabalho para fazer ou tentar organizar os arquivos que Wagnière me afastava com a promessa de que Voltaire tinha outros planos para mim. Sentia que a ordem do castelo, à qual eu antes pertencera, agora me expulsava. Convertia-me em um fantasma; ao entrar em uma sala, ninguém virava a cabeça para me olhar. Às vezes ouvia a minha história como se fosse de outro. Secretários, cozinheiros, criados, até os viajantes que vinham ver o gênio de Ferney comentavam as minhas andanças. Os relatos pareciam lendas antigas que iam de boca em boca até serem reduzidas ao essencial. Ninguém parecia aceitar que eu, um calígrafo insignificante, fosse o protagonista de tais feitos, e só aceitavam as minhas versões quando eu me limitava a narrá-las como se outro as tivesse vivido. Existia uma terceira pessoa.

Escrevi os últimos informes sobre meus dias em Paris e esperei em vão que Voltaire aparecesse em seu escritório. Os negócios devoravam suas tardes e o obrigavam a tomar decisões de última hora a respeito do comércio de relógios, das lavouras e dos investimentos no estrangeiro. Deixava os informes sob sua porta, sem saber se os lia ou queimava.

Uma manhã, ele mesmo, Voltaire, veio me buscar em meu quarto e me levou até seu escritório. Começou a me falar de seus achaques, que não me alarmavam, pois a agonia o mantinha em bom estado há muitos anos. Mostrou-me a pilha formada pelos meus informes. Havia feito anotações nas margens, em sua maioria pontos de interrogação.

— Tenho lido e relido os seus informes, escritos com incomparável lerdeza. Apesar dos erros, pude chegar a uma conclusão. Os dominicanos se preparam para aproveitar o vazio deixado pelos jesuítas. Ocultam a morte do bispo para manter o poder. Enquanto durar a comédia do autômato, o poder deles continuará intacto. A epidemia de milagres que sacode a França é organizada e incentivada por eles; o pobre Jean Calas foi mais uma vítima dessa campanha. Por isso preciso que você volte a Paris.

— Gostaria de ficar aqui. Sua correspondência deve estar atrasada.

— Minha verdadeira correspondência são duas mensagens que vou lhe dar. A primeira é para o impressor

Hesdin, para que a publique o quanto antes, sem a minha assinatura. A segunda é para o bispo. Logo estará chegando uma delegação papal, e o bispo ratificará o poder dos dominicanos. É necessário convencer Von Knepper para que mude o texto.

Voltei a pedir que não me mandasse a Paris. Tinha medo e só aspirava a um posto simples em Ferney.

— Viajará com nome falso. Não tenho mais ninguém para enviar. Wagnière está velho, a cada excursão que faz a uma ala afastada do castelo eu me despeço em lágrimas, porque não sei se ele vai voltar com vida. Não lhe peço que o faça por honra, ou para defender idéias que talvez não compartilhe; só lhe peço que obedeça ao sentimento universal da cobiça. Seu cargo será, daqui em diante, calígrafo oficial de Ferney, e seus proventos aumentarão proporcionalmente.

Coloquei perigos e dinheiro em uma balança imaginária que se inclinava para o lado da precaução. Mas logo pensei em Clarissa, rotineiramente tão ausente que só o fato de estar longe a tornava mais próxima. Pedi como última condição para ir a Paris a permissão para montar uma oficina onde pudesse fabricar tintas e o direito de vendê-las.

— Pode ser um bom negócio — disse Voltaire. — Se vendemos relógios aos turcos, como poderemos não vender tintas aos franceses?

Redigi um contrato. Voltaire estava velho, sua memória era frágil e, além disso, corria o risco de morrer enquanto eu estivesse viajando. Assinou o pacto com um gesto de reprovação. Parecia decepcionado por eu ter desconfiado da sua palavra, da sua memória e da sua saúde. Eu deveria partir em uma semana para Paris. Até lá ficaria trancado trabalhando nas mensagens que eu deveria levar. Durante aqueles dias, enquanto eu me recusava a sair da cama e a pensar na viagem futura, ele se levantava bem cedo, de um salto, e às vezes, antes de começar a escrever, até ensaiava uns passos de balé, como se estivesse ouvindo, vinda de alguma parte, uma música secreta. Não era a música dos planetas, não era a descoberta de alguma harmonia escondida na natureza; era o ruído do mundo aquilo que o fazia dançar.

Libelo anônimo

O período de descanso terminou e voltei ao meu ofício de escrever, mas não com plumas e tintas, e sim com meus passos na poeira dos caminhos. Ao chegar a Paris, procurei a casa do impressor Hesdin, que havia trabalhado outras vezes para Voltaire. O endereço estava escrito em um papel que a chuva havia desbotado; restavam vagos traços azuis do nome da rua, mas como quase todos os impressores viviam no bairro dos Cordeliers, e Hesdin era muito conhecido, não foi difícil encontrar sua oficina, a poucos metros do Teatro Francês.

Passeei um pouco antes de entrar. Estava cercado de gente de aspecto suspeito. Perguntei-me se o abade Mazy não teria sido avisado da minha chegada a Paris. Mas não era a mim que aqueles homens dissimulados que brotavam das esquinas e dos umbrais procuravam. Eram tantos os escritores de tragédias em Paris que os teatros proibiram a sua entrada, já que tinham textos suficientes para montar peças até os últimos dias do século. Os novos dramaturgos circulavam pelas vizinhanças das salas à espera de uma oportunidade de invadir o teatro. Uma vez lá dentro, se escondiam até o momento de avançar sobre o diretor de cena ou o chefe da companhia. Alguns ameaçavam suicidar-se se os seus textos não fossem lidos imediatamente. Naquele momento, não achei que se tratasse de um problema importante, mas agora, à distância, acredito que ali estava o fermento de tudo o que aconteceria depois. Os líderes da Revolução eram, quase todos, escritores frustrados. Foram suas invejas literárias e suas tentativas fracassadas de chegar aos palcos que fizeram eclodir o reinado do Terror.

Na oficina do impressor, um ajudante girava a manivela da impressora. Quando perguntei por Hesdin, conduziu-me até o fundo da oficina, onde um homem de cabelo branco pintava letras de ouro na capa de um volume. Estava cercado por colunas de livros prestes a cair em cima dele.

— De onde o senhor vem? — perguntou. — Uma nuvem de poeira parece acompanhá-lo.

— Venho de Ferney, senhor.

— Então, além da poeira, o acompanham problemas.

A única cadeira existente estava ocupada por livros, que Hesdin atirou no chão. Abaixei-me para pegar um exemplar de *Variedades caligráficas,* de Jacques Ventuil, ilustrado por doze lâminas de Moreau, o Jovem.

— Este livro o interessa?

— Sou calígrafo.

— Então me fará um favor se o levar. Só vendi trinta e sete exemplares. Os livros queimados deixam uma lembrança melhor do que aqueles que são um fracasso absoluto. Pelo menos não ocupam lugar nos depósitos. Preste atenção nos caracteres de Baskerville, aquela tipografia que lembra um pouco o movimento da mão humana. Baskerville foi calígrafo antes de se dedicar à impressão e não quis abandonar o seu velho ofício.

Parou de pintar e foi buscar uma jarra de vinho e uma tábua com pão e queijo. Eu estava decidido a comer lentamente para poder dizer, de quando em quando, alguma palavra amável, mas devorei a comida sem conseguir dizer nada. Enquanto isso, Hesdin falava sozinho.

— Na página 108, conta-se que um certo calígrafo chinês recebeu ordens para passar a limpo um poema que proclamava a imperfeição da caligrafia. Era uma encomenda feita pelo palácio e o calígrafo sentia uma grave responsabilidade pesar sobre seus ombros. Se usasse toda a sua habilidade na execução da tarefa, ficaria evidente o contraste entre a tese do poema e a sua transcrição. E teria cometido o pecado de fazer a arte da caligrafia superar em brilho a da poesia. Mas se tremesse deliberadamente, criando imperfeições artificiais, correria o risco de perder o seu cargo de calígrafo do palácio. Diante do papel em branco, com o pincel na mão, o calígrafo pensou e pensou, até que encontrou a solução do problema. Traçou os ideogramas mais belos que jamais havia feito, mas, ao chegar ao complexo símbolo que significa *caligrafia*, empalideceu o traço, como se o calígrafo, em meio à leitura do poema, convencido pelo poeta, tivesse caído em dúvida. Conseguiu, assim, agradar ao imperador.

Hesdin ficou em silêncio, à espera de que eu terminasse de comer e explicasse o motivo da minha vinda. Peguei uma bolsa secreta que levava sob a camisa e tirei o manuscrito, passado a limpo a partir dos traços indecifráveis de Voltaire. Hesdin deu um longo suspiro.

— E com que assinatura vamos publicá-lo?
— Sem assinatura.
— As assinaturas podem ser falsas, e nunca sabemos de onde vêm. Os anônimos, ao contrário, estão a salvo de qualquer suspeita: seus autores são percebidos imediatamente.

Leu o relato em voz alta, enquanto eu dava conta das últimas migalhas e gotas de vinho. No momento em que a transcrevera, a história me havia soado inocente, e me limitara a prestar atenção: era um capricho a mais de Voltaire, uma mostra de sua confiança excessiva no poder das palavras. Mas Hesdin a lia com ar de mistério, como se estivesse cheia de interrogações e segredos. Com o passar dos anos, o relato se perdeu, porque Hesdin, temeroso, imprimiu uma tiragem muito pequena, da qual não sobrou nenhum exemplar; e os setenta volumes da edição de Kehl também não conseguiram recuperá-lo. Permanecem apenas nas minhas recordações algumas sombras desse relato, que transcrevo indignamente, com o único propósito de permitir que sejam entendidos fatos posteriores.

A Mensagem do Arcebispo

No começo do século XVI, o sacerdote Piero De Lucca encontrou na biblioteca do monastério onde vivia o quinto volume da *Alquimia mecânica* de Johannes Trasis. Os outros quatro tomos haviam se perdido um século antes. Quando terminou de ler o manuscrito — que sabia proibido —, De Lucca começou a construir nos porões do monastério uma criatura de metal e madeira.

Trabalhou um ano inteiro em segredo absoluto. Fez fama de solitário entre os outros sacerdotes. Uma vez concluída, a criatura aprendeu a caminhar e a balbuciar, com voz monótona e metálica, algumas palavras em latim puro. Dava algumas respostas simples, mas quando a pergunta estava além da sua capacidade respondia: "Sobre esta questão, não tenho nenhuma certeza."

De Lucca ficou maravilhado com sua obra. Durante meses não pensara em outra coisa além de sua construção, mas agora, ao final da tarefa, percebeu o seu orgulho e se perguntou se não havia sido um instrumento do Maligno. Resolveu perguntar à criatura e esta, como tantas outras vezes, lhe respondeu: "Sobre esta questão, não tenho nenhuma certeza."

O sacerdote decidiu consultar uma autoridade superior. Enviou a criatura para Milão, com uma carta para o arcebispo. Na carta suplicava ao superior que estudasse atentamente o mensageiro e lhe respondesse sobre a sua natureza.

Anos se passaram sem notícias do arcebispo. O sacerdote pensava às vezes com nostalgia em sua criatura e se perguntava onde estaria: se levava a vida de um homem comum, se estava desfeita no fundo de um rio, se a haviam queimado por heresia. Poderia ter lhe ensinado muitas coisas, mas foi detido pela necessidade de saber se havia agido bem ou mal. E assim condenou-se à espera de uma resposta.

Já velho e doente, Piero De Lucca consultou o seu superior do monastério sobre o dilema: este lhe respondeu que viajasse imediatamente a Milão para não correr o risco de morrer em dúvida e pecado.

Três arcebispos haviam se sucedido desde então (um deles morrera envenenado); não obstante, De Lucca tinha a esperança de encontrar, na cidade subterrânea formada pelos arquivos, uma resposta.

Piero De Lucca fez a viagem. Tinha mais de oitenta anos e chegou esgotado. Deram-lhe um pequeno quarto nas vizinhanças da catedral. Quando chegou o momento da sua entrevista com o novo arcebispo, De Lucca estava tão débil que não conseguia levantar da cama.

Doía-lhe morrer sem resposta. Ao ver o seu estado e a sua inquietação, os outros sacerdotes intercederam junto ao arcebispo para que o visitasse em seu quarto.

Piero De Lucca agonizava quando o arcebispo entrou em seu pequeno quarto. O sacerdote contou, com interrupções, repetições e esquecimentos a história que o havia levado até a escuridão daquele quarto. Suplicou por uma resposta à sua antiga pergunta. A resposta chegou-lhe ao mesmo tempo que a morte. Ouviu a voz do arcebispo: "Sobre esta questão, não tenho nenhuma certeza."

— Teria preferido que o autor tivesse situado a ação em algum palácio oriental, com um califa ou um mandarim no lugar do arcebispo — disse Hesdin. — Os egípcios, os árabes e os chineses nunca chegam a se queixar.

— É uma fantasia. Autômatos, magia, nada real.

— Tampouco eu vejo nada de mal, mas isso não quer dizer nada. Nosso ofício nos habitua a ler tudo ao contrário. Apenas quando os livros convocam o escândalo e a fogueira, nós, os impressores, nos damos conta do que temos publicado. Mas deixe-me o texto. Algum dia o terei compreendido. Nunca se lê um livro tão bem quanto à luz das chamas.

A MÁQUINA HUMANA

Aluguei um quarto na Pousada do Breu, sob um nome falso. Dormi quinze horas e ao acordar comecei a pensar no meu futuro. Durante minha viagem a Paris, havia sido fácil traçar planos e tomar decisões firmes; as cidades a distância são como os povoados de brinquedo, onde tudo é fácil, próximo e possível. Mas ao chegar a Paris lembrei que as cidades são feitas inteiramente de obstáculos.

Só havia uma maneira de obrigar Von Knepper a mudar a mensagem: tinha de me apoderar de Clarissa. Com o rosto coberto por capa e chapéu, cheguei à casa para espiar os movimentos de seus habitantes. Havia marcas de deterioração nas paredes e janelas, e a casa parecia envelhecer diante de meus olhos; uns minutos mais e assistiria à sua queda. Meus olhos estavam cansados, e também cansavam tudo aquilo que viam. Eu aguardava ansiosamente que Von Knepper saísse, convocado por alguma obrigação urgente. Mas o inventor, já terminados os seus encontros com o bispo no mausoléu, não tinha motivos para sair do seu lugar. Tudo aquilo que lhe fazia falta era protegido por aquelas paredes.

Para pensar, Von Knepper precisava de reclusão e obsessão; a mim bastavam as longas caminhadas e as pequenas distrações. Encontrava algo interessante em cada conversa ouvida ao passar; cada quadra de rua me obrigava a parar. Em todas as partes era cercado por palavras, e prestava atenção em todas, como se toda a cidade fosse um livro enorme no qual poderia encontrar inspiração para meus movimentos futuros. Assim, ao ler palavras que chegavam a mim sem métrica nem rima, encontrei em uma parede o anúncio de um leilão de livros.

Seriam colocados à venda alguns dos exemplares do colecionador Tramont, cuja voracidade por livros era tal que rivalizava com a do próprio duque de La Vallière. Sua biblioteca era tão grande que, de quando em quando, para não bloquear aposentos e corredores de sua casa, Tramont se via obrigado a desfazer-se de livros repetidos ou que haviam perdido todo o interesse para ele. Ao pé do anúncio, figurava uma relação dos volumes mais importantes do lote: em terceiro lugar, era mencionado um exemplar de *A máquina humana*, de Granville. Era um livro extremamente difícil de conseguir. Fabres, o mestre de Von Knepper, afirmou durante toda a sua vida que não havia nenhuma prova da existência do tratado de Granville. Posso assegurar que existia, sim, que vi suas páginas e suas gravuras e, mais ainda, que vi um exemplar afundar nas águas do Sena.

Arranquei o anúncio da parede e deixei-o sob a porta de Von Knepper. Que a sorte se ocupasse do resto.

Tive que esperar cinco dias, até que chegou o momento do leilão. Quase à hora prevista para o início da reunião — como se tivesse vacilado até o último minuto se deveria ir ou não —, Von Knepper começou a caminhar para a casa do colecionador Tramont. Passou ao meu lado e não me reconheceu: tudo o que lhe importava estava atrás ou no futuro e o que encontrava no caminho pertencia à vulgar matéria do presente. Deixei passar alguns minutos — Von Knepper poderia se arrepender — e enfrentei a casa.

Levava dinheiro suficiente para subornar a criada; assim que ela abriu a porta, perguntei por Clarissa.

— É o senhor que deveria saber onde ela está — disse a mulher.

— Por que eu?

— O senhor Laghi disse que o senhor a levou. Há seis dias não sabemos nada a seu respeito.

Não acreditei no desaparecimento de Clarissa e avancei até o fundo da casa. A criada não se preocupou em me deter: não havia ninguém de quem cuidar.

— Como ela desapareceu? Foi levada à força?

— Foi no meio da noite. Se o senhor não a seqüestrou, então a menina se foi sozinha, cansada dos cuidados do pai. Desde que ela desapareceu, o senhor Laghi não consegue dormir; ouço durante a noite inteira os seus passos, de uma ponta a outra do quarto. Todo o tempo repete a mesma coisa: *Sei muito a respeito de máquinas e nada sobre pessoas.*

O leilão atrasara, e quando cheguei tinha acabado de começar. Os livros se acumulavam em grandes colunas cambaleantes. Como a paixão por exemplares antigos havia se disseminado entre os grandes senhores, era conveniente que os livros parecessem realmente velhos. Sabia-se muito bem que um mês antes de um leilão importante os livros eram trancados em baús ao lado de aranhas amazônicas para que elas envolvessem os volumes em abundante tela. Os volumes nunca eram limpos; a poeira acumulada atestava a antiguidade do tesouro. Não bastava a data inscrita ao pé da edição: agradava aos colecionadores sentir que o livro havia sido arrancado do esquecimento um segundo antes de passar às suas mãos. Assim, cada vez que o leiloeiro mostrava um livro ao seu público, uma nuvem de pó invadia a sala e arrancava tosse e espirros das pessoas sentadas nas primeiras filas.

No salão da casa de Tramont estavam reunidos os grandes colecionadores de Paris, além de intermediários de Antuérpia e Bruxelas, que procuravam confundir-se com os outros. Alguns colecionadores permaneciam isolados, mas a maioria se reunia em grupos de dois ou três. Mesmo parecendo, para quem os olhasse de fora, membros de uma mesma família, entre eles se olhavam com desconfiança: pertenciam a religiões rivais e o que para uns parecia artigo de fé para outros era heresia. Aqueles que escolhiam os livros pelas suas encadernações riam daqueles que procuravam os caracteres elzevirianos ou romanos; os especialistas em tipografia não entendiam o gosto de outros por vinhetas e gravuras em bronze. Os acadêmicos, à procura dos clássicos latinos, desprezavam o gosto pelos aspectos materiais dos livros e aspiravam a volumes que fossem puro espírito.

O leiloeiro havia deixado *A máquina humana*, de Granville, entre os últimos exemplares. Metade dos compradores já fora embora. Um livreiro da Pont-Neuf fez uma oferta irrisória. Von Knepper levantou a mão, e seu gesto encontrou uma débil réplica de um outro. O jogo continuou apenas durante três ou quatro lances, e foi fácil e barato para Von Knepper ficar com o livro. Seu valor bibliográfico era zero, porque havia sido reencadernado. Podia despertar algum interesse só pelo fato de ser uma raridade.

Sentei-me ao lado de Von Knepper, que segurava sem forças o livro que acabara de comprar. Agora que o tinha em suas mãos, havia perdido todo o interesse. Ao me descobrir, não se refletiu em sua cara o ódio que eu esperava encontrar, mas algo pior: a esperança. Havia deixado de ser um homem temível; era um velho que pedia perdão sem saber por quê. Os últimos dias lhe haviam ensinado o tom perfeito da súplica:

— Onde está minha filha?

— Não sei. O senhor sabe muito bem que fui obrigado a fugir da cidade.

— Se não foi você, quem foi?

— A gente do abade?

— Já estou na mão dele; não precisa da minha filha. Além disso, ela se foi por sua própria vontade. Pode estar agora em qualquer ponto da cidade. Não sabe nada da vida. Não sabe trabalhar. Como haverá de sobreviver?

O leilão havia terminado. Os colecionadores se despediam com os tesouros em suas mãos. Saí atrás de Von Knepper.

— Vou procurar sua filha.

— E se encontrá-la, qual é o preço?

— É o preço que o preocupa? Achava que só estivesse preocupado com Clarissa.

— Não aceitarei que o preço por encontrar minha filha seja lhe dar minha filha. Não faço este tipo de negócio. Em suma, e se tiver paciência, posso fabricar uma réplica.

— Vou procurá-la agora. Depois, mais adiante, falaremos do preço.

Tínhamos chegado ao Sena. À luz da lua, Von Knepper folheou o livro, deteve-se nas gravuras, estudou a encadernação.

— Pelo menos o levei a uma boa compra — disse eu, à guisa de despedida.

— Este livro? Conheço-o de memória. Não me interessa, absolutamente.

— Por que pagou por ele?

— Para destruí-lo. Aquilo que um fabricante de autômatos menos precisa é que este tipo de conhecimento fique circulando por aí. As coisas precisam ser mantidas em segredo.

Lançou o livro na água, tão longe quanto pôde.

A Halifax

Procurei Kolm nos Tribunais seguindo o velho método de deixar uma mensagem na canastra que logo era içada às alturas. Recebi de volta uma mensagem escrita em um papel enrugado que marcava um encontro para a noite seguinte em uma sala de aula da Escola de Medicina.

Não fui detido por ninguém nem na porta gradeada nem entre as colunas. Caminhei por um corredor que começava numa leve penumbra e terminava numa escuridão absoluta. Na metade do caminho, ao pé de uma escada, Kolm me esperava. Estava cercado por grandes retratos de médicos célebres e ele mesmo, apesar das manchas pardas de seu guarda-pó, parecia contagiado pela posteridade.

Dirigiu-me um sinal de silêncio e eu fui atrás dele por escadas e corredores até uma sala onde se amontoavam frascos obscuros, esculturas de cera que representavam cortes anatômicos do cérebro e esqueletos envolvidos em teias de aranha.

Kolm sentou-se diante de uma mesa grande, sobre a qual repousavam dezenas de lâminas amareladas com aqueles traços minuciosos que estamos acostumados a ver na Enciclopédia. Mas estes eram esquemas antigos, com as bordas e dobras queimadas pelo tempo. Desenhos de máquinas detalhadas até a obsessão, cujo propósito não era possível adivinhar antes de um longo exame.

Kolm, inclinado sobre os desenhos, atento ao estudo e à leitura, estava tão mudado que parecia um impostor.

— Por que marcou comigo neste lugar e não na praça? O que está fazendo aqui na Escola de Medicina com estas plantas velhas?

— Separados, corremos perigos, mas juntos já somos um cadáver. Aqui, nesta sala, podemos conversar com tranqüilidade, sem que ninguém nos veja, distantes das maquinações do abade Mazy. Veja o que nos cerca: coisas velhas e esquecidas. Se alguém se esconder entre elas, também ficará no esquecimento.

— Surpreende-me que deixem você ficar aqui. Você não é médico nem estudante.

— Um dos mestres da escola me deu uma tarefa que ninguém mais poderia cumprir. Querem terminar com aquelas execuções que acabam se transformando em tormento por causa de carrascos incompetentes. Por isso pesquisam uma máquina que seja tão competente como o melhor executor, que tire a vida sem arrancar lágrimas ou gritos.

Aproximei-me das plantas e comecei a compreender. Uma espada, cujo peso era agravado por uma empunhadura exagerada, deslizava sobre molas verticais...

— ...até atravessar a medula do condenado — explicou Kolm com um tom doutoral que eu não reconhecia. — Foi inventada por um engenheiro húngaro que a experimentou na própria esposa. Disse que havia sido um acidente, mas não acreditaram nele, e acabou executado pelo mesmo método, que jamais voltou a ser usado.

Kolm procurou uma lâmina debaixo das outras.

— Olhe esta outra. O detento está preso em uma armadura de metal. Parece um guerreiro que espera um combate: lhe cabe lutar contra o céu. A armadura recebe uma descarga elétrica através de um cometa que navega entre os relâmpagos. A morte é segura e veloz, mas a tormenta não.

Em outro dos desenhos, um machado gigantesco balançava como um pêndulo sobre a vítima, que no esquema era uma mulher cuja cabeleira preta parecia ter vida própria. Um outro desenho mostrava a vítima sem cabeça.

— Este é um modelo espanhol usado pela Inquisição no século XVI. Por mais pesado que seja o machado, ao cortar obliquamente dificilmente conseguirá seccionar de todo a cabeça. Agora lhe mostrarei minha máquina favorita.

Desta vez não era um esquema, e sim uma gravura antiga, que mostrava uma máquina de estrutura simples, apenas duas molas pelas quais descia, lá do alto, um cutelo.

— A máquina Halifax, usada na Inglaterra no século XVI, ao que parece com excelentes resultados. Já estou quase decidido por este modelo. Não terei dificuldade em construí-la: só estão faltando as madeiras e um cutelo, e chumbo suficiente para assegurar que desça com velocidade e força. Se funcionar, os carrascos deixarão de ser necessários: qualquer um poderá matar. É uma lástima: nós, os velhos verdugos, desapareceremos para sempre com os nossos conhecimentos e seremos substituídos por funcionários públicos que só precisarão puxar uma corda. Seremos esquecidos, como o foram os calígrafos.

Kolm já buscava novas plantas para me mostrar: era urgente evitar as explicações que faltavam.

— Não vim em busca de invenções fatais, mas sim para me aconselhar. Clarissa von Knepper desapareceu. Assegurei ao seu pai que a encontraria.

— E por que lhe prometeu tal coisa?

— Tenho uma determinada obrigação a cumprir e só ele pode me ajudar.

— De novo o bispo? Então é melhor que não a encontre.

Kolm pegou, atrás da estátua de Hipócrates, entre frascos com preparados anatômicos, uma garrafa de licor, que colocou na minha frente. Era um licor ao mesmo tempo doce e forte.

— Beba e esqueça. Seu trabalho é insalubre, e eu preciso de um ajudante. Prometi ao doutor que em poucos dias terá a sua máquina.

— E em quem será testada?

— Não faltam voluntários na Escola de Medicina.

— Não posso ajudá-lo com sua máquina. Venho de longe para terminar um trabalho.

— Um trabalho que terminará com você, mas se é essa a sua opção... Leve em conta que este médico me paga bem e ainda não tem inimigos importantes. Já seu patrão, esse Voltaire...

Com um gesto de decepção, Kolm voltou aos seus planos, e surgiu um mapa.

— Isto não é uma máquina, é Paris — disse eu.
A cidade era tão grande, tão abarrotada de ruas e nomes, que não parecia possível encontrar naquela vastidão algo tão pequeno: uma mulher.

— A cidade também foi usada como máquina de execução por uma confraria de hereges vinculados ao contrabando que chamavam a si próprios de siracusanos. Quando suspeitavam que um membro estava para abandonar a seita, condenavam-no à morte, mas achavam sempre que a última palavra era da cidade. Um de seus membros fazia o papel de carrasco. Esperava em um aposento até a meia-noite. O condenado, que não sabia nada da execução, era obrigado a atravessar a cidade e chegar ao local escolhido. Se a trama era cumprida sem problemas, o condenado chegava ao lugar acreditando que cumprira a meta e alcançara o perdão, o verdugo o executava com uma espada normanda assim que ele abria a porta. Mas se a cidade, com o seu trânsito e seus inconvenientes, detinha, desviava e retardava o condenado, então ele se salvava.

Palácios, pontes, igrejas, cemitérios. Meu dedo percorria em segundos com igual facilidade uma rua tranqüila e outra onde teriam me matado se apenas a tocasse.

— Onde poderia se esconder nesta cidade uma menina solitária?

— Você insiste em procurá-la? Já teve que escapar uma vez. Talvez a você também espere, como às vítimas dos siracusanos, um verdugo em um quarto às escuras.

Passado um tempo, o licor começou a me animar. Tornava mais simples a planta da cidade, apagava ruas e bairros inteiros. Bastava aproximar-se de qualquer esquina para ver Clarissa, e salvá-la, e salvar-me.

— Procure-a nos conventos — aconselhou Kolm.

— Estou certo de que não escolheu esse destino. Já sofreu muito na clausura.

— O que sabe fazer a filha de Von Knepper?

— Nada, absolutamente nada. — Pensei melhor e corrigi: — Só sabe fazer uma coisa: ficar quieta.

A mão de Kolm, que segurava uma garrafa quase vazia, apontou para Hipócrates.

— Então consulte as estátuas. Conhecem o segredo.

A VIDA DAS ESTÁTUAS

Nos porões da Academia de Artes se reuniam nas manhãs das terças-feiras modelos à procura de trabalho. Três grandes estufas de ferro tentavam em vão esquentar o ambiente, assolado por um frio que parecia vir tanto do exterior quanto das estátuas abandonadas na escuridão. Aquelas esculturas, certo dia exibidas com orgulho e depois transformadas em incômodos obstáculos, eram empurradas pelos caprichos da arte para os subterrâneos. De quando em quando, aparecia uma expedição: críticos ou artistas resolviam resgatar um estilo antigo, ou um autor esquecido, e então arcanjos, madonas e deuses gregos voltavam à superfície.

As meninas mais jovens vinham do campo ou do estrangeiro e seus corpos, longe de afirmar qualquer convicção em relação ao seu novo trabalho, pareciam curvar-se como se fossem pontos de interrogação. Elas se desnudavam perto da chama rubra das grandes estufas. Havia um biombo chinês, de laca vermelha e panos de seda, que ninguém procurava usar porque seus desenhos o transformavam em um objeto muito mais indecente do que a própria nudez

Consegui confundir-me com os artistas que acorriam aos porões para procurar modelos. As meninas mostravam suas formas, às vezes opulentas, outras angulosas, e os artistas julgavam e propunham um acordo. Se o trabalho era aceito, as meninas seguiam os pintores.

As roupas de quase todos os visitantes exibiam algum tipo de exotismo que os fazia parecer estrangeiros, exceto os estrangeiros, que se esforçavam por parecer parisienses. No começo, eles desciam as escadas, silenciosos e isolados, mas logo começavam a conversar animadamente entre si e algumas vezes com as meninas. Falavam com uma certa jactância das últimas obras que lhes haviam encomendado: um camafeu apenas insinuado, uma virgem para um sermão pronunciado à meia-voz, o retrato espalhafatoso de uma certa condessa. Aqueles que tinham dinheiro fechavam logo o negócio e partiam com a mulher escolhida. Os outros, vencidos, criticavam em voz baixa as mulheres que já começavam a se vestir.

— Não preciso de um modelo muito imponente. Ela tem que ser uma espécie de esboço do quadro; deve lhe faltar um pouco de definição — dizia um que parecia extremamente jovem, quase um menino, vestido com toda a roupa que encontrara em seu caminho.

— Você quer um modelo um pouco apagado, semelhante a você quando está bêbado? Este é um efeito fácil de conseguir, meu jovem Arsit! — disse seu amigo, um homem alto, de mãos gigantescas, que, enquanto falava, fazia esboços, dissimuladamente. Usava assim as modelos sem lhes pagar um tostão, mas suas mãos eram tão enormes que era impossível ignorá-lo. — Olhe aquela ali; os seus cabelos vermelhos são ideais para uma Górgona.

— No ano passado elas estavam mais bem alimentadas, Gravelot.

— No ano passado você ainda não era nascido.

Arsit não lhe deu atenção e procurou engrossar a voz:

— Não sabem ficar quietas. Você percebe os movimentos, Gravelot? O que Mattioli diria se estivesse aqui?

Perguntei quem era Mattioli.

— Guido Mattioli, o escultor. Não ouviu falar dele? De onde você vem? — escandalizou-se o menino. — Você precisa ler o seu livro *A vida das estátuas*, em vez de ficar aqui morrendo de frio. Antes de ler este livro, não entenderá nada de modelos. Mattioli é terrivelmente exigente na hora de escolher suas musas: não suporta que façam qualquer movimento.

— Para testá-las, unta seus peitos com mel e solta sobre elas um enxame de abelhas: um verdadeiro modelo deve ser capaz de permanecer indiferente — disse Gravelot, sem deixar de desenhar. As últimas mulheres já haviam percebido a estratégia dele e se vestiam às pressas.

— Antes de trabalhar com escultura, a própria mulher deve ser uma estátua — explicou Arsit. — Em seu livro, Mattioli escreve o seguinte: é necessário arrancar a estátua que há na mulher para então arrancar a mulher que se esconde no mármore.

— Onde posso encontrar Mattioli? — perguntei.

— Você quer ter aulas com ele? Não dá aulas.

O jovem pintor sorriu com superioridade. Agradava-lhe estar a par de coisas que os demais ignoravam.

— Seria suficiente vê-lo trabalhar.
— Eu nunca consegui, mas dizem que mora numa casa no final da Rua des Cendres. De quando em quando, são organizadas procissões de artistas: saem todos daqui caminhando, observam ele trabalhar através de uma janela sem se atrever a bater em sua porta e depois se dispersam. Quantas vezes você foi vê-lo, Gravelot?
— Três vezes. Na primeira, Mattioli jogou água na gente, na segunda, pedras, e na última, uma ratazana morta.
— E você, Arsit, não teve vontade de ver Mattioli com seus próprios olhos?
— Aceite um conselho — respondeu o pintor menino com gravidade. — Se você tem um ideal, deixe-o em um lugar onde não possa ser alcançado.

Éramos os últimos. Gravelot, mãos e pés gigantescos, subia pesadamente a escada. Arsit ficou para trás.

— E você? Não vem com a gente? — perguntei.

Não me respondeu: virou a cabeça e se perdeu entre um leão e uma virgem que esticava seus braços vazios.

Gravelot me pegou pelo braço.

— Deixe-o em paz, Arsit vive aqui. Foi abandonado quando era bebê e cresceu entre as estátuas. Só sai de vez em quando à superfície. Às vezes lhe trago um prato de comida e o deixo nas escadas, como se fosse um gatinho. Toda terça-feira tremo ao descer às escadarias porque penso que o encontrarei tão frio como tudo o que o cerca. Nunca pintou nem esculpiu nada, mas vive para a arte.

Afora este mundo de estátuas, Paris não parava de se movimentar. As ruas estavam cheias de transeuntes que mudavam constantemente de direção, como se tivessem se lembrado de repente de um compromisso pendente; as árvores se agitavam mesmo quando não ventava e até as casas não paravam quietas — tremiam com o movimento das carruagens. Sem dúvida, à medida que me aproximava da Rua des Cendres (devia seu nome a uma velha fábrica de ladrilhos, que em outros tempos fora coberta de fuligem) as pessoas iam desaparecendo; tudo se tornou quieto, vazio e cinzento. Passei por um mendigo morto e um cavalo adormecido. No final da rua, encontrei a casa de Mattioli. Era um daqueles prédios que vemos nos sonhos; não chegamos a conhecer seu interior porque acordamos assim que tocamos na porta.

No térreo encontrei uma janela. Estiquei-me sobre as pedras e vi, através do vidro sujo, o lugar onde Mattioli trabalhava. Suas ferramentas estavam jogadas no chão; no fundo, havia um biombo dourado. Todo o piso estava coberto de esboços que reproduziam as formas da modelo. O escultor trabalhava em um bloco de mármore que já havia transformado na sombra de uma mulher.

Em uma das extremidades, perfeita, mais perfeita ainda do que a distante réplica feita pelo seu pai, estava Clarissa, nua e branca. Segurava com firmeza uma lança que apoiava no solo e um elmo dourado. Estava tão quieta que, em contraste, a outra, nascida do mármore, parecia viver.

Uma folha em branco

Von Knepper se inclinava sobre um delicado mecanismo. Parecia um instrumento musical: claves de cristal tensionavam cordas muito finas que soavam ao mais delicado dos toques.

— Deveríamos encontrar outro caminho para fazer os autômatos falarem. A voz humana, com seu sistema de cordas, é extremamente difícil de ser controlada. À mais ligeira imperfeição, começa a soar a melodia do inanimado. Chegará um dia em que me renderei à magia. Li que Hermes Trimegisto sabia fabricar uma estátua tão perfeita que nela a vida era inevitável.

— Uma estátua que ganha vida também deveria perdê-la.

— Quem sabe os magos egípcios chegaram a ver suas estátuas adoecerem e morrerem e abandonaram o método para sempre. Quem sabe as criaturas voltavam a ser de novo estátuas, porém abomináveis; ou eram transformadas em montanhas de aparas de mármore.

Levantei uma mão da mesa e vi como funcionava. Os ossos eram de madeira preta, e as articulações, de ouro.

— Encontrei Clarissa — disse, sem ênfase.

As mãos de Von Knepper pularam no meu pescoço, enquanto pronunciava o nome de sua filha, como se o próprio nome fosse uma ameaça. Apertava minha garganta com rigor profissional e eu procurava, em vão, o ar que me permitiria dizer uma palavra. No meio da luta, caíamos sobre a mesa de trabalho. A harpa diminuta, futura garganta, caiu no chão, e soou de um modo estranho, como se fosse o choro de um animal. Atendendo à súplica, Von Knepper me liberou. Refugiei-me em um canto do quarto.

— Não está em meu poder, mas sei onde ela se esconde. Eu mesmo a vi. Ainda hoje a levarei a um lugar seguro.

— E acredita que vou passar horas aqui sem fazer nada enquanto você...

— Sem fazer nada, não: tenho um trabalho para o senhor.

Tirei do bolso um papel amassado. Os informes que mudam a história dos países, os documentos secretos que destinam tronos para uns e patíbulos para outros não são papéis aprisionados em cartapácios e abarrotados de lacres. São folhas enrugadas, mofadas pela chuva, que uma pessoa insignificante carrega no fundo de um bolso, ao lado de moedas, um cortador de plumas ou um pedaço de pão.

— Este é o texto que o bispo deve escrever. Depois de amanhã, os três enviados de Roma se reunirão com ele.

— Já sabia do encontro. Recebi ordens para fazer o último ajuste.

— Estes ajustes estão escritos aqui.

Leu o papel.

— Você está louco. Se o bispo escrever isso, seu crânio virará um tinteiro e o meu sangue será a tinta.

— Conheço os perigos, mas não há outra forma de voltar a ver sua filha.

Von Knepper, desalentado, lia de novo a mensagem. Por acaso, não foi a sua filha que decidiu, e sim a própria mensagem: ao fim e ao cabo, dizia a verdade.

— Quando o novo texto for escrito, você não poderá voltar a esta casa. Ao menos enquanto Mazy estiver no poder.

— Tenho onde me esconder. Passei a vida sob nomes falsos, em casas alugadas por três meses. E minha filha?

Estendi uma folha em branco.

— Está aqui.

Virou a folha e, ao ver que o outro lado também estava em branco, atirou-a na minha cara. Devolvi-a.

— Trata-se de tinta invisível. Em pouco mais de quarenta horas a mensagem aparecerá, sem que se precise fazer nada. Desista de passar enxofre, álcool, salitre ou qualquer outra coisa que lhe ocorra, porque então o senhor não encontrará nada além de uma mancha ilegível. Cumpra a promessa, e o segredo se tornará visível.

Ao deixar a casa de Von Knepper, caminhei até o Sena e, com a voz baixa, perguntei em uma livraria por *A mensagem do arcebispo*.

— Não me sobrou nenhuma cópia — disse o livreiro. Era difícil saber se dizia a verdade ou se temia que eu fosse um inspetor da justiça.

A primeira mensagem de Voltaire já estava impressa e passava de mão em mão pela cidade. A segunda edição seria gravada em uma placa de ferro para preencher com 39 palavras a memória do bispo.

Cinzel e martelo

Havia duas estátuas no estúdio de Mattioli. Uma replicava os traços de Clarissa; a outra estava coberta por um lenço cinza. Mattioli apagara sobre uma cadeira; uma camisa remendada realçava a derrota dos seus gestos. Kolm segurava um cinzel e um martelo na altura dos ombros da estátua, arrancando, com golpes ligeiros, fragmentos e pó do mármore.

— Onde está ela?
— Trabalhou para mim, mas foi embora sem me avisar.

Kolm deu um novo golpe, agora mais forte. Começara a trabalhar nas laterais do bloco, mas agora se aproximava do rosto já definido da estátua.

— Nunca fiz uma coisa como esta cabeça. A menina foi embora, e a única coisa que tenho dela é isso que está aí.

Kolm parecia ter esquecido que a natureza do seu trabalho era a ameaça e tinha se entusiasmado com as ferramentas. Assustava-me um pouco, mas decidi aproveitar o temor que o carrasco despertava:

— Dizem que em cada bloco de mármore há um ponto secreto do qual depende a vida da pedra. Se você der um golpe ali, a pedra se quebra. Quanto tempo o meu amigo levará para encontrá-lo?

Kolm dirigiu um golpe ao invisível coração da estátua. Sobressaltei-me, pensando que desta vez a execução seria completa. Mattioli não se alterou. E disse, com aquele ar de sensatez que é preservado por todos os que ganharam ou perderam tudo:

— Tive muitos modelos, mas nenhuma ficava suficientemente quieta; mãos se levantavam para espantar uma mosca, olhos procuravam ninguém sabe o quê na janela. E o aborrecimento, o medo, o cansaço... Elas acreditavam que estavam quietas, mas eu percebia a sua dança silenciosa; primeiro o pé, logo depois o cotovelo. Quando a nudez as perturbava, sua respiração ficava agitada, e a pulsação perdia o compasso. Até que a encontrei nos porões da academia, misturada a outras. Meus colegas, aqueles mortos de fome, não a viram; é que não sabem olhar. Procurei-a durante anos, e até escrevi um livro para celebrar a sua ausência, e então ela apareceu.

Nós também tínhamos procurado Clarissa, percorrendo toda a casa, inclusive os porões e a cobertura. Era um edifício difícil de percorrer, porque o caminho não era bloqueado apenas por pinturas e esculturas inacabadas, mas também pelos instrumentos usados por Mattioli para perseguir seu ideal de quietude. À medida que o nosso trabalho se prolongava, o artista, com um certo orgulho, ia explicando a natureza da sua coleção. Havia caixas de música cuja melodia provocava uma breve imobilidade. Uma cadeira provida de atadura e suportes de metal, frascos com narcóticos que quase nos fizeram abandonar as buscas porque a mistura de seus venenos formava uma nuvem que tomava conta da cabeça. Em um cantinho, encontramos uma armadura feita com placas de ferro que deixavam entrever partes de suas vítimas. Agulhões de bronze localizados nos lugares mais dolorosos asseguravam a sua imobilidade.

Só me restava um lugar para olhar. Avancei até a segunda estátua e arranquei o lenço cinza que a cobria. Kolm a tinha examinado antes, mas a confundira com uma estátua de verdade. Clarissa posava como antes, mas agora sem a lança nem o elmo dourado. Beijei os lábios frios e, ao fazê-lo, me incomodou que estivesse nua diante dos olhos dos outros. Atrás de um biombo, entre cavaletes e lenços enrolados, encontrei uma roupa que talvez fosse dela, e vesti-a em silêncio. Quando despertou, olhou ao seu redor, como se não soubesse onde estava; esperei que sua memória terminasse de organizar o quarto.

Clarissa se aproximou da estátua interrompida e passou os dedos em seu rosto.

— Mattioli, fiz bem o meu trabalho?

— Ninguém nunca fez melhor. Mas não será concluído.

— Então será igual a mim. Eu também não fui terminada.

Não encontrei nenhuma roupa que a protegesse do frio e cobri-a com minha capa. Saímos assim da casa de Mattioli. Em algum ponto do caminho, Kolm se perdeu sem dizer palavra. Quem sabe me disse alguma coisa a título de despedida, mas eu só conseguia ver Clarissa. Um carro nos levou à Academia. Demos uma volta, para ver se Mattioli havia nos seguido.

Tive que bater várias vezes até que a porta se abrisse. Tinha arrancado Arsit do sono, e o pintor menino me olhava sem me reconhecer.

— Arsit, esta é a amiga da qual lhe falei. Preciso que você cuide dela até que o pai, o senhor Laghi, venha buscá-la.

Coloquei sobre a mesa o dinheiro que havíamos negociado naquela mesma tarde. Poderia ter enganado Arsit, porque ele parecia ignorar totalmente o valor do dinheiro, mas me compadeci do pintor menino.

— Aproveitarei para falar da arte. Vou lhe contar a história de cada estátua. Não cobrarei nada por isso.

Clarissa já havia despertado.

— Por que me trouxe aqui?

— Você não deve sair até a chegada de seu pai. Os homens do abade estão procurando vocês.

— Por quê? O que fez meu pai?

— Nada ainda, mas logo fará.

— Pensava que você um dia me resgataria das mãos do meu pai para me deixar escapar. E, no lugar disso, me entrega a ele. Chama isso de amor?

À nossa volta, o coro de estátuas se agigantava e parecia dirigir até a minha pessoa um murmúrio de reprovação. Dedos e espadas me apontavam. Arsit, em silêncio, franzia a testa, como se sentisse na obrigação de mostrar uma certa indignação em relação a mim, mas não demonstrava vontade de participar daquilo; exibia aquele tédio que os incompreensíveis problemas dos adultos provocam nos meninos.

Clarissa se perdeu entre as estátuas, muda, como se conhecesse o lugar, como se regressasse à terra natal.

Arsit me olhou com olhos grandes, um pouco agoniado pela responsabilidade. Contou ou fingiu contar o dinheiro, e então, como se assumindo sua condição de rei de todo aquele mundo subterrâneo, fez um gesto que era uma ordem para que eu fosse embora.

A PORTA FECHADA

Os cem exemplares do impressor Hesdin esgotaram-se rapidamente entre os livreiros da Pont-Neuf. Eles tinham uma colônia de leitores obsessivos que surgiam à cata de palavras proibidas. O maior prestígio era o resplendor das chamas, que aumentava o segredo e o preço. A maioria dos leitores era formada por espiões pagos pela Igreja ou pela polícia para tomar posse dos textos e investigá-los. Até mesmo os leitores inocentes queriam fazer parte daquela comunidade; isso lhes assegurava um acesso irrestrito aos livros e dinheiros para comprá-los. Em troca, deviam apontar de vez em quando um título para o índex.

A quantidade desses agentes encobertos crescera desde a aparição da Enciclopédia. Eles eram os primeiros a se atirar sobre as novidades e a disputar cada exemplar. Não se conheciam entre si: cada qual acreditava ser o único espião em um mundo povoado por inocentes. Havia leitores formados na criptografia de Athanasius Kircher que eram capazes de ler qualquer código secreto; outros interpretavam os papéis em termos de alegoria política; aos mais inteligentes e sutis, preparados para chegar, através das complexidades do intelecto, à inocência, era dada a missão de entender o significado literal da obra. Seguindo um método ou outro, cada intérprete acabava por encontrar uma verdade oculta.

Os jesuítas haviam chegado a dominar a interpretação literal, que era certamente a mais difícil. Acreditando que um ataque aos dominicanos poderia melhorar sua posição, difundiram uma versão própria de *A mensagem do arcebispo*. Naquele momento eu não estava a par dos acontecimentos que se seguiram ao relato que me coubera transcrever e acreditava que ele havia sido abandonado, a exemplo do que acontecia com tantos livros que eram impressos diariamente em Paris; brilhavam durante uma conversa ou uma festa, e logo desapareciam sem a necessidade de fogueiras.

Passei diante da Pousada do Breu e não entrei até me certificar de que ninguém me esperava. Àquela hora, se Von Knepper cumprira sua palavra, a outra mensagem, uma breve confissão, já fora gravada em uma lâmina de metal e dominava a memória do autômato. Dei uma volta e não demorei a descobrir um dos guardiões do abade, que se fingia de cego e estendia sua mão de dedos longos e amarelos aos transeuntes que procuravam evitá-lo. Cansado de me esperar, levava tão a sério o seu disfarce que murmurava ninguém sabe que tipo de ameaças ao ouvido dos passantes, tocando-os com o seu bastão. Na ponta, uma lâmina afiada estimulava a caridade. Era um fracasso como espião, mas um êxito como mendigo, e as horas de espera haviam abarrotado os seus bolsos. Afastei-me com os olhos fechados, como fazem as crianças quando não querem ser vistas. Caminhei durante o resto do dia pela cidade, sem saber onde passar a noite que se aproximava, a noite que havia chegado, a noite que estava por terminar.

De madrugada, meus passos me levaram, quase sem nenhuma intenção da minha parte, à escola de Medicina. Kolm talvez estivesse ali, experimentando a sua máquina. A porta gradeada estava aberta; ao enfrentar o longo corredor deserto, chegou-me de longe o ruído de chaves. Temia tanto aquele ruído que atribuí a sensação de perigo à minha imaginação.

A porta da sala onde Kolm procurava criar uma máquina perfeita estava fechada, mas não faltariam chaves para abri-la. Signac, acompanhado pelo falso cego, estava ao meu lado. Segurava uma lâmpada, e seu companheiro aproximava da minha garganta a ponta do seu bastão.

— Ao longo da vida, abrimos e fechamos portas, sem perceber as conseqüências — disse Signac. — É como nos contam: uma porta leva ao tesouro, e uma outra, à boca do dragão.

Signac me estendeu uma chave. Eu sabia que uma coisa horrível aconteceria assim que abrisse a porta. Lembrei-me da história dos siracusanos: talvez estivesse agora diante do aposento onde me esperava o carrasco.

A fechadura girou com docilidade. Para empurrar a porta, fui obrigado a fazer uma certa força, já que entre a folha e o umbral se interpunha o cabo de uma corda. A porta acabou cedendo e a corda caiu, livre.

Ouvi o sussurro do machado e então o golpe. Não sei se Kolm havia chegado a experimentar a máquina em algum corpo da Escola de Medicina, mas desta vez tudo funcionou à perfeição. A folha deslizou pelas molas azeitadas e o corte foi limpo. A cabeça caiu sobre o piso de madeira e chegou rolando aos meus pés, mas os olhos de Kolm estavam abertos.

Signac levantou a lâmpada e pude ver que a máquina brilhava exatamente como na gravura da Halifax. O corpo estava amarrado a um grande banco. O cabelo e a gola da camisa haviam sido cortados para facilitar o trabalho do cutelo. Ainda tinha na mão a chave que me havia transformado em carrasco do carrasco.

Signac me obrigou com um empurrão a caminhar pelo corredor.

— Sabe o que disse Kolm ao explicar o plano? Agora, qualquer um pode ser carrasco.

Respirei com alívio por sair do aposento ensangüentado. O falso cego caminhava na minha frente. O homem das chaves vinha atrás, fechando as portas que encontrava pelo caminho.

SILAS DAREL

Cruzamos o pátio central, onde cresciam plantas espinhosas de folhas azuis que serviam para o exercício caligráfico. No centro do pátio havia dois profundos tanques de mármore preto. Em suas águas, mexiam-se esturjões, lulas e um outro tipo de peixe que brilhava lá no fundo: todos destinados a produzir tintas para os dominicanos. O guardião das chaves e o falso cego me conduziram sem pressa através de pátios e escadarias.

Entramos na sala de caligrafia. Na biblioteca, havia livros do tamanho de ataúdes. Nos móveis e nas estantes, espalhava-se uma coleção de frascos e plumas que eu jamais vira. Os odores das tintas se misturavam na atmosfera fechada. Percebi, entre os frascos em forma de torre, de estrela e de cruz, um crânio humano que servia de tinteiro. Havia plumas tão enormes que era difícil imaginar de que aves tinham sido arrancadas. Os dois guarda-costas que haviam me trazido se afastaram; fiquei, aparentemente, em liberdade. Olhei para todos os lados à procura de Darel, até que percebi um pequeno escritório. Para entrar nele, era necessário descer alguns degraus e baixar a cabeça.

Darel escrevia, e não me olhou. Suas mãos eram tão brancas e finas que um movimento mais brusco poderia quebrá-las. As longas unhas pareciam de mármore. Concentrava-se em cada traço, que imprimia com lentidão e força, dando, assim, um caráter definitivo às palavras. Os caracteres contrastavam com a leve sombra que as mãos dele projetavam contra o papel. Era também um determinado tipo de escrita e assinalava: para cada palavra que fica, muitas outras desaparecem.

O silêncio de Darel construía uma muralha de cristal ao seu redor. Tenho ouvido dizer que a atenção é uma forma de reza; se for mesmo assim, aquele homem orava. A luz que entrava por uma pequena clarabóia atravessou um tinteiro veneziano cheio de sangue.

Tentei ler o que ele escrevia, procurando meu nome entre as palavras vermelhas. A resposta chegou logo, às minhas costas.

— Está escrevendo a nossa história — disse o abade, que havia entrado sem que eu tivesse percebido —, mas não está preso à norma acatada pelos historiadores: esperar que as coisas tenham acontecido. Já terminou de escrever o passado, agora se ocupa do que acontecerá. Nossos inimigos têm a Enciclopédia e a vontade de esclarecer todas as coisas; nós temos a caligrafia e o dever de transformar o mundo em um enigma.

Ouviu-se o gemido dos sinos, que pareciam soar muito ao longe. O abade abriu uma folha de papel diante de mim.

— Quero que escreva a sua confissão. Quem o enviou e por quê. Cada palavra deve ser verdadeira. O mestre calígrafo não ouve, apenas vê: é capaz de reconhecer nos traços os vacilos da mentira. Se tal coisa acontecer, sua pluma mergulhará em sua garganta antes que perceba o movimento. Lamento não ficar para ver o exame, estou sendo esperado pelos enviados de Roma.

Um pequeno tinteiro ficou aberto na minha frente e uma pena foi colocada em minhas mãos. O abade apressou seus passos até a porta, custodiada pelo homem das chaves. O outro guardião havia desaparecido. Darel tirou de uma caixa uma pena afiada, tão afiada que rasgaria o papel se apenas o roçasse.

Lentamente, escrevi lentamente a verdade. Perguntava-me de quem seria o sangue que me servia de tinta. Demorei a escrever o nome de Voltaire: Darel, que não lia o papel, mas apenas os meus traços, percebeu alguma coisa, e me atacou com sua pena e me feriu o rosto. A dor me obrigou a parar. Procurei um paninho e, ao levá-lo ao rosto, ficou impresso nele um estranho símbolo.

Não queria que a ferida se repetisse. O que poderia ser absolutamente verdadeiro, para que Darel não voltasse a me atacar? Lembrei como repetíamos seu nome, em segredo, na clausura da escola de Vidors. Havia conhecido, finalmente, a legenda, e a legenda estava prestes a me matar. Anotei, lentamente, com a mesma lentidão dos autômatos, o texto que naquele mesmo momento era traçado pelo bispo, diante dos olhos de Roma:

Não procurem o bispo nestas mãos...

Hieroglífico

Os enviados de Roma haviam lido a interpretação jesuíta de *A mensagem do arcebispo* e estavam preparados para entendê-la. Haviam chegado ao palácio acompanhados por uma guarda de 25 homens. Quando o sinal chegou, quando a criatura de Von Knepper escreveu as 39 palavras sonhadas em Ferney, não pediram explicações:

> Não procurem o bispo nestas mãos.
> Estou em uma tumba sem inscrições,
> Sem púrpura e também sem cetro
> Porque um impostor tomou o meu lugar.
> O abade escreveu minhas palavras até agora.
> Desta vez, sem dúvida, falo por mim.

Consegui ouvir um tumulto distante e vi, pela janela, os monges fugindo dos soldados de Roma. As portas que se abriam ou fechavam com violência chamavam de longe por Signac, o homem das chaves. O guardião entendeu que o seu dever estava em outro lugar, e foi até o fim.

Darel não se importava com nada do que acontecia lá fora, mas tão-somente com a missão que lhe haviam ordenado cumprir. Admirei sua infinita concentração: não moveu uma só vez a cabeça para olhar pela janela. Todo o resto lhe era indiferente: escrevia.

    Lá embaixo, no jardim geométrico, o homem das chaves, com roupas ensangüentadas, destruía toda a simetria. Cambaleando, batia-se contra quatro inimigos cujas adagas já o tinham marcado. Conseguiu ferir um de morte, mas perdeu, na estocada, a arma e quase a mão. Quando parecia derrotado, extraiu da roupa duas chaves descomunais, destinadas quem sabe a que portas impossíveis. Acostumadas a abrir, abriram cabeças. O único inimigo que restou em pé avançou contra o gigante, que tropeçou em um dos feridos e caiu no tanque negro.

    Signac procurou se desfazer do peso que o arrastava para o fundo, mas as chaves não acabavam; quando havia se livrado das que abriam as portas principais, restaram as do porão, e não podia esquecer aquelas que abriam as grandes portas dos jardins, da capela, das câmaras secretas, do museu da ordem, das catacumbas, da sala de caligrafia, do gabinete de Darel. É possível que tivesse sido apenas uma lufada de ar, mas ouvi, naquele momento em que o guardião era derrubado sobre o fundo, um estrondo de portas distantes que soaram como uma artilharia fúnebre. Um séquito de esturjões desconcertados dava voltas e voltas sobre o gigante tombado.

    Darel estava preparado para descobrir a mentira, mas não percebeu meu último traço, que era inspirado pela verdade. A pena saltou da página e afundou na sua garganta. Coloquei-me em guarda para receber sua resposta, mas

Darel nem sequer me olhou. Sabia reconhecer o traço de uma pena e havia adivinhado que aquela era uma linha definitiva. Cobriu a ferida com uma mão branca que logo estava roxa, e andou até o seu escritório para desenhar, com um temor que seguramente o envergonharia, o mesmo símbolo que com pulso firme havia desenhado em minha cara.

Nos anos seguintes, cada vez que me olhava no espelho, invejava a mão que traçara aquele símbolo, que naquele momento parecia não ter nenhum significado. Nas noites de insônia, repetia o desenho, até que acreditava estar prestes a resolver o enigma, mas então caía, adormecido.

Apenas alguns anos depois, então já longe da minha pátria, descobri em um velho jornal, quando a verdade dos hieróglifos egípcios veio à luz, o seu sentido. Aquele era o hieróglifo que representava o deus Thot, o inventor da escrita. Mas como Darel poderia saber? Então recordei aquele conto ouvido na escola de Vidors: a história de uma antiga tradição de escribas que havia continuado sem interrupções, através dos continentes e das catástrofes.

Às vezes, quando olho o meu rosto à luz da lua em um pequeno espelho quebrado pendurado na parede, me digo que Darel me marcou para me fazer saber que comigo terminava algo grande e secreto.

INVENTÁRIO

Em um canto do meu escritório sou esperado pelo meu trabalho: redigir atas que necessitam de uma assinatura urgente, anotar os gastos dos últimos dois meses, passar a limpo duas sentenças do tribunal. Evitam me confiar papéis muito importantes, que possam colocar em risco a segurança do Estado. Se me vêem tão diferente, se me acham tão suspeito, não é porque pensem na França, mas sim naquele reino enorme e exótico: o passado.

Depois dos acontecimentos do palácio de Arnim, voltei a Ferney, onde ocupei durante dezessete anos o cargo de calígrafo. Nunca cheguei a abrir a minha oficina de tintas e plumas; preferi uma vida mais segura e descansada. Pelas manhãs, minha tarefa era cuidar da correspondência de Voltaire, e às vezes de seus livros; à tarde, me esperava sempre a papelada comercial e a redação de documentos. Era um trabalho tranqüilo, e teria gostado se tivesse durado para sempre.

Muitos anos depois, quando Voltaire anunciou sua viagem a Paris, senti que não me restava mais nada a fazer em Ferney. Todos à minha volta pensavam o mesmo; todos executavam cada ato — a limpeza de uma jarra, a preparação da comida, a poda das rosas amarelas — com aquela mistura de cuidado e despreocupação de quem faz algo pela última vez.

Aqueles de nós que acompanharam durante certo tempo a carruagem de Voltaire caminharam em silêncio. Pediam-nos alegria, mas fazíamos parte de um cortejo fúnebre. Nossa tristeza não era sem motivo: Paris esperava por Voltaire para cumulá-lo de todas as honrarias possíveis, para submetê-lo a uma procissão de visitas no hotel de madame Villete, para esgotá-lo até a morte e então lhe negar uma sepultura.

O coração de Voltaire chegou ao castelo de Ferney dois meses depois da sua morte. Só foi possível encontrar uma tumba para ele fora da cidade, em Sellières, onde seu sobrinho era abade. Antes de enterrar o corpo, o médico arrancou-lhe o coração. Fingiu que se tratava de uma operação simulada, mas ficou evidente para quem assistiu ao processo que havia tomado aquela decisão muito antes, já que ele havia levado consigo, naquela noite de pressa e confusão, vários frascos com sais, e um líquido azul que irritava os olhos. Não sei que disputas envolveram o coração, nem quem o enviou a Ferney, porque foi entregue por um mensageiro polaco que não falava uma palavra de francês e que partiu imediatamente.

No meio da desordem que já governava a casa, o coração foi parar no gabinete das excentricidades, em companhia dos presentes que durante anos viajantes ilustres haviam trazido de países distantes. Depois da morte de Voltaire, ninguém voltara a aproximar-se do seu gabinete, cujas peças erráticas já pertenciam às teias de aranha e à poeira. O dono da casa havia desaparecido, e a própria casa parecia adoecer e morrer. O coração ficou abandonado entre pedras que brilhavam na escuridão, monstros marinhos e ossadas de unicórnios.

Fui escolhido para fazer o inventário da casa. À medida que anotava as coisas, estas desapareciam, e logo o gabinete de excentricidades ficou quase sem nada. Era comum ver os filhos dos criados brincando nos jardins com o maxilar de uma baleia, a pele de um urso branco ou a mão mumificada de um mártir.

No começo, tentei eu mesmo preservar uma certa ordem, mas no final somei-me aos saqueadores, e escondi o coração entre as minhas roupas. Para que a sua ausência não fosse notada, deixei em seu lugar o coração embalsamado de uma condessa veneziana do século XVI, presente de um amigo de Voltaire, o senhor de Paulmy.

Terminei o inventário um dia antes de partir. Minha letra já não era a mesma de quanto eu começara: agora era serena e sensível, e não procurava deslumbrar ninguém. Era a letra de quem sabe que aquilo que se escreve esconde tanto o que se possui quanto as coisas perdidas.

A CABEÇA DE MÁRMORE

Os arquivos foram herdados por Catarina da Rússia, e secretários e arquivistas viajaram até lá, interessados em tornar vivos os papéis. Eu não queria aquele destino e voltei a Paris, com o coração de Voltaire na minha bagagem.

Trabalhava pelas manhãs na Casa Siccard, como especialista em instrumentos de caligrafia (as atividades do primeiro andar haviam sido enclausuradas) e dedicava as tardes a procurar Clarissa. Não havia nenhum sinal dela nem de seu pai na cidade. De certa maneira, não abandonei a busca: mesmo neste porto tão distante, quando chegam passageiros que tenham passado pela França, procuro sempre saber se ouviram o nome de Von Knepper.

Só encontrei uma testemunha em meu caminho, e a perdi. Na noite anterior à do meu embarque, caminhava pela margem do Sena quando um maltrapilho barbudo atravessou meu caminho. Eu o havia visto de longe em outras ocasiões: parava os transeuntes, lhes mostrava o que carregava em uma bolsa e os deixava prosseguir. Mas dessa vez me assustou: por um instante me pareceu que ia me matar e tirei da bainha minha única arma, a pena que degolara Silas Darel. Apesar da barba e da escuridão, reconheci Mattioli.

Mas ele não parecia saber quem eu era. Perguntou-me, enquanto mostrava o conteúdo de uma bolsa que mal conseguia carregar:

— Você viu esta mulher?

Respondi que não, quase sem voz.

— Então está tudo terminado — disse o escultor, como se tivesse perdido comigo sua última esperança e não restasse ninguém mais a interrogar em toda a cidade.

Trepou na borda da ponte com uma familiaridade que afastava qualquer idéia de perigo. Antes de confirmar que o nó que atava sua bolsa ao seu pescoço estava firme, olhou a cabeça de mármore pela última vez. Corri para detê-lo: eu também queria beijar os lábios gelados. Não me deu tempo. Mattioli abraçou a cabeça e pulou nas águas escuras. A última imagem de Clarissa se afogou com ele.

Buenos Aires
Dezembro de 1998 — julho de 2001

Este livro foi impresso nas oficinas da
DISTRIBUIDORA RECORD DE SERVIÇOS DE IMPRENSA S.A.
Rua Argentina, 171 – São Cristóvão – Rio de Janeiro, RJ
para a
Editora José Olympio Ltda.
em abril de 2003

*

71º aniversário desta Casa de livros, fundada em 29.11.1931

Seja um Leitor Preferencial José Olympio
e receba informações sobre nossos lançamentos
Escreva para
Editora José Olympio
Rua Argentina, 171 – 1º andar
Rio de Janeiro, RJ – 20921-380
dando seu nome e endereço
e tenha acesso a nossas ofertas especiais

Válido somente no Brasil.